COLLECTION FOLIO

Reiser

VIVE LES VACANCES!

Albin Michel

FEIGNANTS!
ENCORE UN PEU DE PATIENCE, BIENTÔT L'ÂGE D'OR :
ÉTUDIANT
CHÔMEUR
RETRAITÉ
UNE VIE BIEN REMPLIE...
REISER

COLLIER DE NOUILLES

IL EST PLUS RÉUSSI QUE LA COUPE À FRUITS DE L'AN DERNIER !
AH OUI...
QU'EST-CE QUE C'EST QUE CETTE SALOPERIE ?
C'EST POUR TOI... UN CENDRIER
MAIS C'EST HORRIBLE ! C'EST LAID !...
PRESQU'AUSSI LAID QUE LA LAMPE EN POTS DE YAOURT DE LA FÊTE DES MÈRES...
... OU LE TABLEAU EN BOUTS DE MOQUETTE DES VACANCES DE PÂQUES.
TOI, T'AS PAS BESOIN DE PORTER DES COLLIERS DE NOUILLES...
... COMME MOI SUR LA PLAGE L'ÉTÉ DERNIER.

C'EST UNE SADIQUE, CETTE PROF DE DESSIN
ELLE VA NOUS REMPLIR LA MAISON, SI ON LA LAISSE FAIRE.
VIEILLE FILLE, MAL BAISÉE, MAL PAYÉE... ELLE SE VENGE !...
VOUS ÊTES DES ARTISTES !
NE VOUS LAISSEZ JAMAIS INFLUENCER PAR LES BÉOTIENS !
IMPOSEZ VOS ŒUVRES DANS VOS FAMILLES !
LE PLUS HUMBLE DE VOS CENDRIERS, C'EST DE L'ART !
QUI VAUT MILLE FOIS PLUS QUE N'IMPORTE QUEL OBJET ACHETÉ DANS LE COMMERCE !
SOYEZ DURS, EXIGEANTS, INTRAITABLES...
...SI ON LUI REFUSE LA PLACE D'HONNEUR DANS LA MAISON !

BON... VOUS ALLEZ PARTIR EN VACANCES ; CHACUN D'ENTRE VOUS ME RAMÈNERA DES CAILLOUX, DES GALETS, DES BOUTS DE ROCHER...
PLEIN !
RAMENEZ-EN DES PANIERS ENTIERS !
AVEC DU FIL DE FER
ET QUE CECI RESTE UN SECRET... L'ANNÉE PROCHAINE...
NOUS OFFRIRONS UNE ŒUVRE GRANDIOSE À CHAQUE PAPA ET MAMAN !
UN BAR EN BÉTON ARMÉ !
OUAIS !
CHOUETTE !
OUAIS !
BONNES VACANCES, MADEMOISELLE !
HÉ HÉ HÉ HÉ
AU REVOIR, MES CHÉRIS !

PALMIPÈDES

BON, ALORS, ON N'A RIEN OUBLIÉ, LES ENFANTS ?
LES MATELAS GONFLABLES
LE BATEAU PLIANT
LES PAGAIES
LA GLACIÈRE
NON ?
VOUS ÊTES SÛRS ? IL EST ENCORE TEMPS DE FAIRE DEMI-TOUR

LES PALMES!
LES PALMES...

BRAVO!... ON A GAGNÉ LE GROS LOT
T'ÁS VU HEIN? T'ÁS VU? TOUT ÇA À CAUSE DE TOI!... AH TU PEUX ÊTRE FIER!

TOUS CES PAUVRES GENS QUI VIENNENT BRUSQUEMENT DE GÂCHER LEURS VACANCES DUREMENT GAGNÉES...
À CAUSE DE TOI !
À CAUSE DE TOI PETIT MONSTRE !
JE VAIS LUI FOUTRE UNE BAFFE !...
TÛT TÛT
TÛT

VOS GUEULES!
LES AOÛTIENS ONT PRIORITE SUR LES JUILLETISTES!
BON, NOUS, PASSONS AUX CONSTATS À L'AMIABLE
JE SUIS LE SEUL DU GROUPE À NE PAS ÊTRE EN TORT
PAS DE CONTESTATION POSSIBLE
VOUS DEVIEZ GARDER VOS DISTANCES, RESTER MAÎTRES DE VOS VÉHICULES, etc. TOUT ÇA C'EST DANS LE CODE DE LA ROUTE
ON VA REMPLIR LES PAPIERS SUR LE CAPOT DE MA VOITURE, C'EST LE SEUL QUI SOIT INTACT

MAINTENANT, VOUS VOUS DÉBROUILLEZ AVEC VOS ASSURANCES RESPECTIVES. VOUS ATTENDEZ LES DÉPANNAGES...
MOI JE CROIS QUE JE VAIS POUVOIR REPARTIR
C'EST L'AVANTAGE DU MOTEUR À L'AVANT
AU FAIT !
LES PALMES !
JE NE VAIS PAS RETOURNER LES CHERCHER, ET C'EST IDIOT D'EN RACHETER
LA PLUPART DE CES GENS-LÀ N'IRONT PAS EN VACANCES CETTE ANNÉE...

DONC, ILS N'AURONT PAS BESOIN DE LEURS PALMES...
DONC, SI TU VAS LE DEMANDER GENTIMENT, IL S'EN TROUVERA BIEN UN DANS LE GROUPE POUR T'EN FILER UNE PAIRE
TU LEUR DIRAS QU'ON LEUR RENVERRA PAR LA POSTE...
ALLEZ, FONCE!
J'OSE PAS...
FONCE!
QUI C'EST QUI A OUBLIÉ LES PALMES, HEIN?
QUI C'EST QUI EST RESPONSABLE DU CARAMBOLAGE, HEIN?

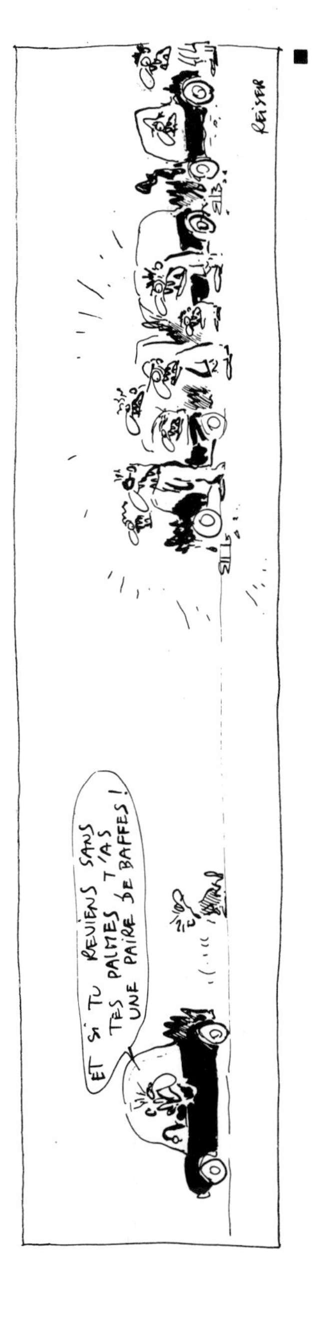
ET SI TU REVIENS SANS TES PALMES T'AS UNE PAIRE DE BAFFES !
REISER

CAMPEURS PÉTEURS

HI HI HI HI
LE MATIN, LEUR GUITOUNE EST GONFLÉE COMME UN BALLON DE FOOT
UN PEU PLUS LOIN, UN COUPLE, ILS BRAIENT COMME DES ÂNES EN FAISANT L'AMOUR
ILS POUSSENT DE CES HURLEMENTS ET FONT DE CES COMMENTAIRES...
LE VOCABULAIRE PORNO Y PASSE EN ENTIER, «VAS-Y COCHON, ENFILE-MOI PAR TOUS LES TROUS... AH, MA COCHONNE! JE VAIS T'OUVRIR EN DEUX!»
ET TOUS LES SOIRS!
ON SE DEMANDE CE QU'ILS MANGENT
HI HI HI

IL Y A CEUX QUI RONFLENT, AUSSI !
HOU LÀ !
UN MONSTRE !
SES VIBRATIONS SONORES DÉTERRENT LES PIQUETS
EN SOMME, SI ON VIENT VOUS VOIR, MÊME EN PLEINE NUIT, ON NE RISQUE PAS DE SE PERDRE !
AH, AUCUN RISQUE !
T'ARRIVES À L'ENTRÉE, TU TE DIRIGES VERS CELUI QUI RONFLE.
TU TOURNES TOUT DE SUITE À GAUCHE, T'ARRIVES SUR CEUX QUI BAISENT.

LÀ, TU PRENDS À DROITE, TU CONTINUES TOUT DROIT
JUSQU'À CE QUE T'ENTENDES LES PÉTEURS
TU TOURNES ENCORE À GAUCHE, ET NOUS, C'EST L'ALLÉE EN FACE !
REISER

ALCOOTEST

AH, LA BARBE !
??
VOUS AVEZ LES PAPIERS DU VÉHICULE ?
ALORS, VITE, JE SUIS PRESSÉ !
JE... HOUËK... DOIS PORTER MON CHIEN CHEZ LE VÉTÉRINAIRE, IL A LE FOIE MALADE.
OUAH
TA GUEULE, ALCOOTEST !
GRRRR
GRRRR
IL S'APPELLE ALCOOTEST, VOTRE CHIEN ?
ET ALORS ?
J'AI PAS LE DROIT D'APPELER MON CHIEN ALCOOTEST, PEUT-ÊTRE ?
VOUS EN AVEZ PARFAITEMENT LE DROIT.
MANQUERAIT PLUS QUE ÇA, QUE JE NE PUISSE PLUS APPELER MON CHIEN COMME J'EN AI ENVIE !
À PROPOS D'ALCOOTEST...
OUAH

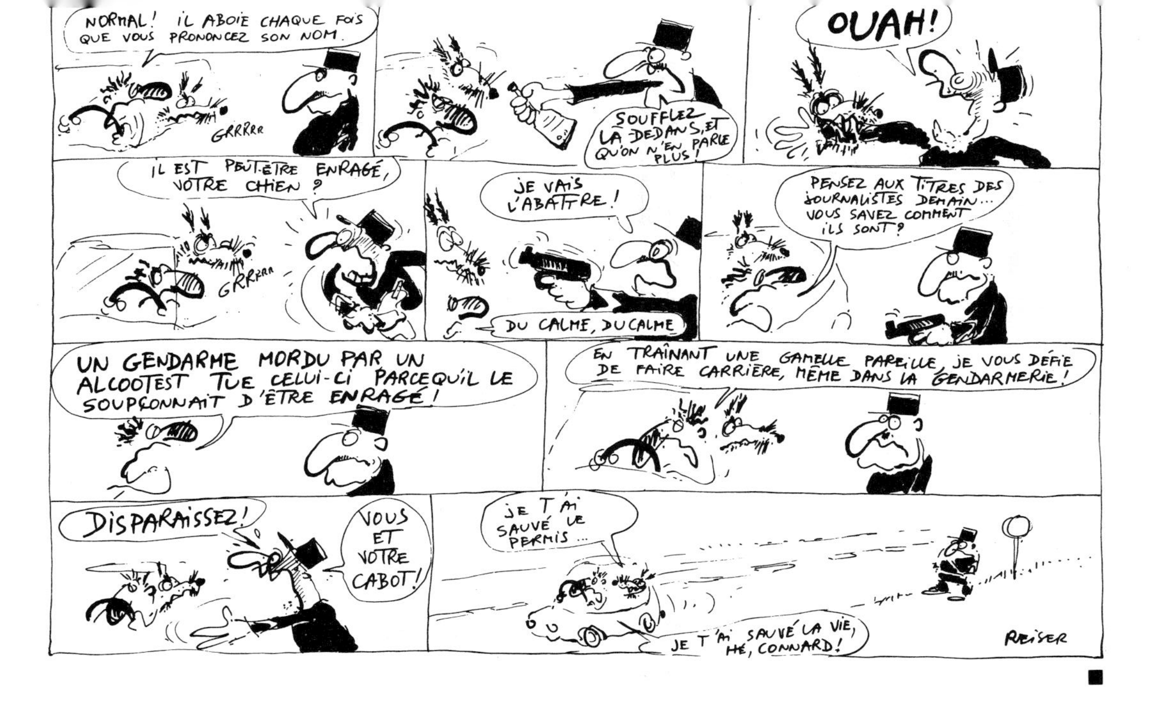

NORMAL ! IL ABOIE CHAQUE FOIS QUE VOUS PRONONCEZ SON NOM.
GRRRRR
SOUFFLEZ LÀ-DEDANS, ET QU'ON N'EN PARLE PLUS !
OUAH !
IL EST PEUT-ÊTRE ENRAGÉ, VOTRE CHIEN ?
GRRRRR
JE VAIS L'ABATTRE !
DU CALME, DU CALME
PENSEZ AUX TITRES DES JOURNALISTES DEMAIN... VOUS SAVEZ COMMENT ILS SONT ?
UN GENDARME MORDU PAR UN ALCOOTEST TUE CELUI-CI PARCEQU'IL LE SOUPÇONNAIT D'ÊTRE ENRAGÉ !
EN TRAÎNANT UNE GAMELLE PAREILLE, JE VOUS DÉFIE DE FAIRE CARRIÈRE, MÊME DANS LA GENDARMERIE !
DISPARAISSEZ !
VOUS ET VOTRE CABOT !
JE T'AI SAUVÉ LE PERMIS...
JE T'AI SAUVÉ LA VIE, HÉ, CONNARD !
REISER

PLAGISTES ! ATTENTION AUX CHAMPIGNONS DANS LES DOIGTS DE PIEDS !
JE ME SUIS FAIT VACCINER !

FAUT SE GROUILLER D'ARRIVER SUR LA CÔTE, A PARTIR DU 5 AOÛT, TOUTES LES BELLES NÉNETTES SERONT MACQUÉES.

À PARTIR DU 6, ON NE TROUVE PLUS DE NANAS CONVENABLES.

ET À PARTIR DU 7, RESTE PLUS QUE LES BOUDINS!

KAÏÏÏ

RAOUM

MERDE! SI ÇA CONTINUE, ON VA...

ALLEZ, FONCE!

GARE-TOI, HÉ, CON!

STOP
CHIERIE !...
LA, C'EST RÂPÉ, NOUS RESTERA PLUS QUE LES BOUDINS, FAUT PLUS SE FAIRE D'ILLUSIONS...
RAC
MÊÊÊÊRDE !
60
QU'EST-CE QU'ON FAIT ? ON S'ARRÊTE OU ON CONTINUE ?
SI ON S'ARRÊTE, IL NE NOUS RESTERA PAS **DES** BOUDINS...
IL NOUS RESTERA **UN** BOUDIN... POUR DEUX...
ET ENCORE !

DERNIÈRE NOUVELLE : PAS DE BOUDIN DU TOUT ! ON SE TAPERA DES BRANLETTES SUR LA PLAGE EN REGARDANT LES NÉNETTES DES AUTRES...
VOS PAPIERS !
ET ON AURA DU POT SI ON PEUT SE TAPER DES BRANLETTES SUR LA PLAGE...
J'AI OUBLIÉ MES PAPIERS
EXCÈS DE VITESSE, DÉLIT DE FUITE, PAS DE PAPIERS...
ON VOUS EMBARQUE AU POSTE.
ON SE TAPERA DES BRANLETTES AU POSTE
ÇA S'AMÉLIORE...

HÉ... T'AS VU ?
C'EST PAS VRAI...
C'EST À NOUS QUE ÇA ARRIVE, UN COUP PAREIL...
HORRIBLE !... AUSSI BELLES L'UNE QUE L'AUTRE...
DEUX AUTOSTOPPEUSES À DEUX PAS DE LÀ...
ELLES ÉTAIENT POUR NOUS...
MERDE MERDE MERDE...
C'EST NOS VOLEUSES !

VOS VOLEUSES ?
OUAIS, ÇA ME REVIENT... ON LES A PRISES EN STOP. C'EST SANS DOUTE ELLES QUI M'ONT PIQUÉ MON PORTEFEUILLE
T'ES UN PEU SALAUD, NON ?
SEULE PETITE CHANCE DE FAIRE CONNAISSANCE
QU'EST-CE QU'ILS VEULENT, CES FLICS ?
J'AI DU HASCH DANS MON SAC...
BONJOUR, MESDEMOISELLES. PETITE VÉRIFICATION...
HOU LA...
C'EST LES DEUX TYPES QUI ONT ESSAYÉ DE NOUS VIOLER !
HEIN ?

AH, LES BANDITS!
LES SOURNOIS!
T'ES UN PEU SALOPE, NON?
VACHES DE VACANCES!
REISER

TOUS À POIL SUR LES PLAGES!

L'ÉTÉ POURRI

ET LÀ, J'AI ÉTÉ DRAGUÉE PAR UN GITAN; IL ÉTAIT BEAU, IL ÉTAIT BEAU!...
IL M'A PRÉSENTÉE À SA FAMILLE, ET, LÀ, J'AI ASSISTÉ À D'AUTHENTIQUES DANSES GITANES
FONT CHIER, LES GITANS!
QUEL PEUPLE FASCINANT, FIER ET LIBRE
TOUTE LA PANOPLIE GITANOPHILE VA Y PASSER!
ILS BOUFFENT DES HÉRISSONS
AVEC DES BOITES DE PETITS POIS VOLÉES AU SUPER-MARCHÉ
ET QUI A SU CONSERVER SES TRADITIONS!...
...INTACTES
TU PARLES!

ILS VENDENT DES BAGNOLES POURRIES OU DES PANIERS TRESSÉS EN TCHÉCOSLOVAQUIE
ET ILS ONT TOUS LA TÉLÉ!
D'AILLEURS CET ÉTÉ JE VAIS AU PÈLERINAGE DES SAINTES MARIES DE LA MER
IL Y A ENCORE PLUS DE TOURISTES QU'À MONTMARTRE!
L'ÉTÉ ARRIVE, ON COMMENCE À VOIR LES ROMBIÈRES DÉFENDRE LEURS GITANS...
SOUS PRÉTEXTE DE DÉFENDRE LEUR CULTURE
IL Y A LONGTEMPS QU'ILS L'ONT PERDUE LEUR CULTURE...
PAS PLUS CON QU'UN GITAN
SANS BLAGUE, HEIN...
UN GITAN, C'EST CON, C'EST CON MAIS CON!...
MOI, JE LES CONNAIS BIEN
DU TEMPS OÙ JE DRAGUAIS DES GITANES
PARCE QUE MOI, J'AI DRAGUÉ DES GITANES...
FAUT LE FAIRE!

BANDE D'ENFOIRÉS!
VIENNENT DRAGUER NOS FEMMES MAIS NE SUPPORTENT PAS QU'ON TOUCHE AUX LEURS...
J'AVAIS UN DE CES COURAGES, À L'ÉPOQUE...
COUCOU
DE L'INCONSCIENCE, SURTOUT
FAUT DIRE QU'ELLES ÉTAIENT BELLES...
ET UNE FOIS, UNE FOIS, J'AI ÉTÉ RÉCOMPENSÉ
SI MON FRÈRE TE TROUVE, IL TE TUE
JE SAIS
C'EST ÇA QUI EST BON
ELLE PORTAIT PAS DE CULOTTE... SOUS SES JUPONS, ELLE ÉTAIT SALE, SALE... ELLE PUAIT ET PAR LÀ-DESSUS UN PARFUM IGNOBLE DU MONOPRIX... MAIS ÇA AVAIT ÉTÉ DÉLICIEUX...
UN MORCEAU DE VIE D'UNE SAVEUR PRODIGIEUSE
TU TE MARIERAS DANS TROIS ANS, TU SERAS TRÈS RICHE, JE VOIS UNE PETITE MALADIE QUI NE DURERA PAS
ÇA VA, ALORS

QUATRE JOURS PLUS TARD...
LA GITANE M'AVAIT FILÉ UNE CHAUDE PISSE
HI HI
DES PRÉDICTIONS COMME ÇA, MOI AUSSI, J'EN FAIS...
ET QUAND VOUS RACONTEZ QU'UNE GITANE VOUS A FILÉ UNE CHAUDE-PISSE, TOUT LE MONDE SE FEND LA GUEULE
QUE T'ES CON, POUR ÉVITER LES MICROBES, FAUT PRENDRE UNE GITANE À BOUT FILTRE
OUAH AH AAAH
OUAIS...
DES PLAISANTERIES COMME ÇA, MOI AUSSI, J'EN FAIS
REISER

BRICOLO

TU VIENS DANS MA MAISON DE CAMPAGNE, CE WEEK END ?
HEU...
JE VEUX BIEN MAIS JE TE PREVIENS TOUT DE SUITE !
JE NE TOUCHE PAS À UN PINCEAU !
JE NE TOUCHE PAS À UNE TRUELLE !
JE NE TOUCHE PAS À UNE BÊCHE, PAS À UN RATEAU !...
... PAS À UNE BROUETTE, PAS À UNE BRIQUE, PAS À UN SAC DE CIMENT, PAS À UN...
T'AURAS JUSTE LE DROIT DE TOUCHER MA FEMME
HEUEUEU...
BON, D'ACCORD !
JE ME SUIS ENCORE FAIT AVOIR !...
REISER

DU BALAI !

BON ! AUJOURD'HUI, JE DÉBARRASSE LE GARAGE !
TOUTES CES VIEILLERIES NE SERVIRONT JAMAIS À RIEN ET ELLES PRENNENT LA PLACE D'UNE SALLE DE JEU POUR LES GOSSES
OUSTE ! PLACE AUX JEUNES !
OH, LÀ LÀ...
TOUT CE QUE LES GENS JETTENT...
¡LS SONT FOUS !
IL EST TOUT BON, CE FAUTEUIL...
JUSTE À REMPAILLER
UN TUYAU DE POÊLE À PEINE ROUILLÉ, ÇA PEUT TOUJOURS SERVIR...

UNE MACHINE À LAVER...
LES CIRCUITS ÉLECTRIQUES SONT NAZES, MAIS LE TAMBOUR EN INOX EST PRATIQUEMENT NEUF
JE VAIS VOIR CE QUE JE PEUX EN TIRER...
DIRE QUE TOUT ÇA ÉTAIT À LA DÉCHARGE PUBLIQUE...
UN AN PLUS TARD...
QUAND EST-CE QUE TU DÉMÉNAGES TOUTES LES VIEILLERIES QUI ENCOMBRENT LE HANGAR ?
J'Y PENSE...
DU BALAI !
IL EST TOUT BON, CE FAUTEUIL !...
C'EST PAS POSSIBLE... TOUT CE QUE LES GENS JETTENT...
REISER

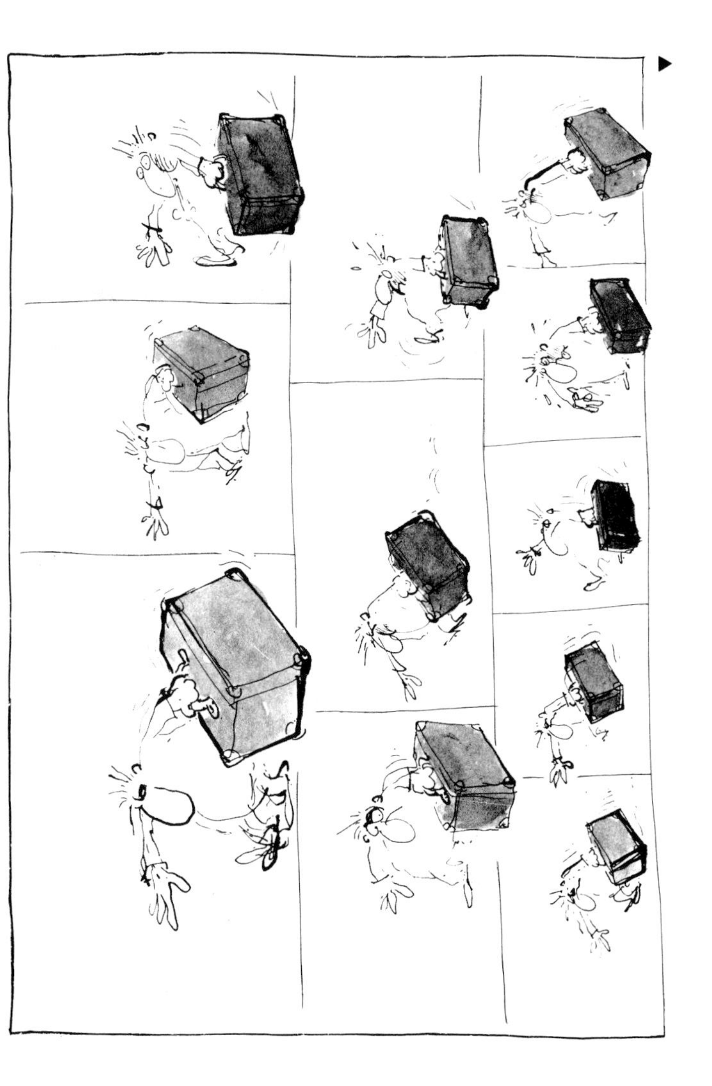

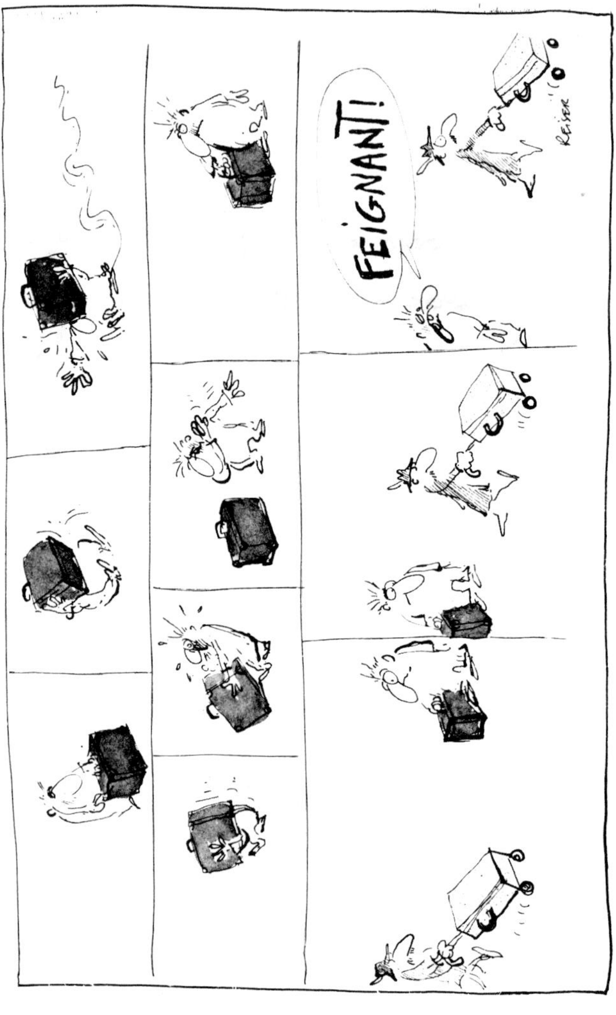

FEIGNANT!
REISER

FESSE D'HUITRE

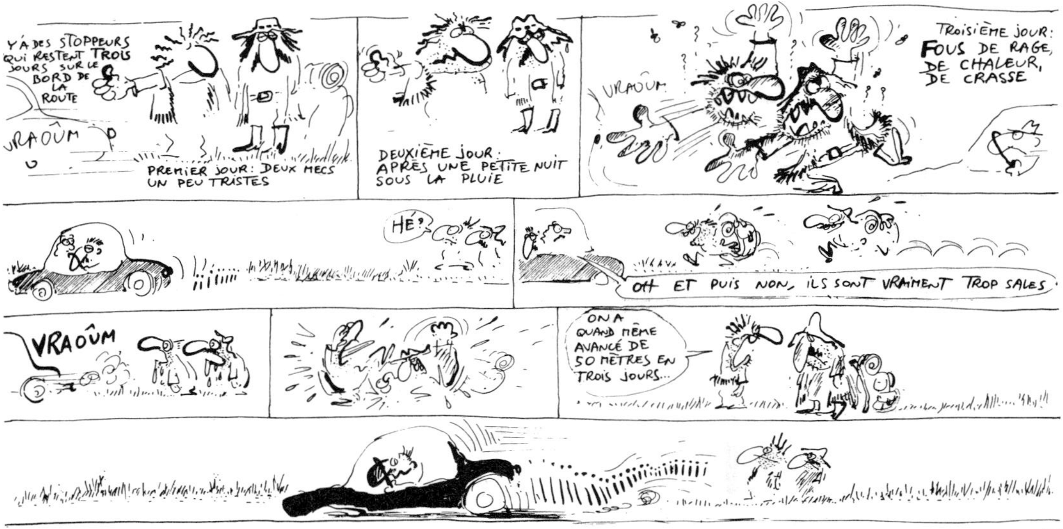

Y'A DES STOPPEURS QUI RESTENT TROIS JOURS SUR LE BORD DE LA ROUTE

VRAOÛM

PREMIER JOUR : DEUX MECS UN PEU TRISTES

DEUXIÈME JOUR : APRÈS UNE PETITE NUIT SOUS LA PLUIE

VRAOÛM

TROISIÈME JOUR : FOUS DE RAGE, DE CHALEUR, DE CRASSE

HÉ ?

OH ET PUIS NON, ILS SONT VRAIMENT TROP SALES.

VRAOÛM

ON A QUAND MÊME AVANCÉ DE 50 MÈTRES EN TROIS JOURS...

EN FORME POUR FAIRE LA ROUTE AVEC L'ONCLE JULES, MES PETITS CANARDS ?
NOM DE DIEU ! ON VOUS A LAISSÉS SUR LE BORD DE LA ROUTE TROIS JOURS ? LES ORDURES !...
ON VA TOUS LES DOUBLER !!!
ET ON LES FERA CHIER !
REGARDEZ-MOI CETTE TÊTE DE NŒUD QUI A OSÉ VOUS LAISSER SUR LE BORD DE LA ROUTE !
FAIS-LUI UN BRAS D'HONNEUR MON PETIT CANARD !
C'EST PAS ÇA UN BRAS D'HONNEUR...
C'EST ÇA !
ET CELUI-LÀ AVEC SA FACE DE RAT... TRAITE-LE DE FESSE D'HUÎTRE !
FESSE D'HUÎTRE !
HOOO, PLUS FORT ! TU SAIS PAS TE VENGER PETIT CANARD !
T'AS VU OÙ ON LA LAISSE, SA CHIOTTE POURRIE ?
RAOM
200 CHEVAUX SOUS LE CAPOT DE L'AUTO À TONTON JULES !
FESSE D'HUÎTRE !
?

VOUS INQUIÉTEZ PAS, MES PETITS CANARDS, C'EST QUAND JE SUIS BOURRÉ QUE JE CONDUIS LE MIEUX À 140!...
DE PLUS...
SNIF SNIF
DE PLUS...
MOLLO
IIIIH
C'EST QUAND JE SUIS BOURRÉ QUE JE RENIFLE LE MIEUX LES RADARS...
ET CES GROSSES LARVES...
...Z'AURAIENT PAS PU VOUS FAIRE UNE PETITE PLACE?
TRAITE-LE D'ENCULEUR DE FEMMES SAOÛLES, ÇA FERA BIEN DEVANT SES MÔMES...
HEU
HEU...
GROUILLE-TOI
ENCULEUR DE FEMMES SAOÛLES!
OUÂH

UNE PETITE QUEUE DE POISSON EN PRIME!
ÇA LEUR APPRENDRA, À CES ENFOIRÉS DE SALAUDS D'ÉGOÏSTES!
ET CES DEUX POUFFIASSES, POURQUOI ELLES NE SE SONT PAS ARRÊTÉES, HEIN?
MORUES!
HÉ LES GROGNASSES!
AU LIEU DE VOUS RACONTER DES CONNERIES...
AVEC VOS LANGUES, FERIEZ MIEUX DE NETTOYER LA QUEUE DE MES COPAINS, PAS LAVÉS DEPUIS TROIS JOURS!
ATTENDS PAULO...
TÛT
J'AI QUELQUE CHOSE À DIRE À LA PETITE BRUNE
VOUS ALLEZ VOUS GARER, QU'ON PUISSE VOUS DOUBLER À DROITE?
TÎTÂ TÎTÂ
ÉCARTE LES CUISSES, J'AI PAS BOUFFÉ CE MATIN!
OUÂH LA MÉCHANTE VANNE!
ON SE FEND PAS LA GUEULE AVEC TONTON JULES?
SI... HEU... SI
MAIS... HEU... ON AIMERAIT BIEN S'ARRÊTER DANS CE PETIT BLED...

LÀ ?
C'EST RIEN QUE DES BOUSEUX DANS CE COIN !
ENFIN, MOI, JE RESPECTE LES LIBERTÉS !
VOUS AVEZ VU LE BOND QU'ELLE A FAIT, LA VIEILLE ?
ET ON L'AURAIT CRU À MOITIÉ PARALYSÉE...
HÉ, HÉ LES MECS
VOUS N'AURIEZ PAS UN PEU DE HASCH À ME VENDRE ?...
AH NON
NON ?
PAS BEAUCOUP, JUSTE POUR MOI...
OUAIS...
... NON MAIS JE VOUS COMPRENDS... VOUS NE ME CONNAISSEZ PAS.
VOUS... JE... DE POURRAIS ÊTRE FLIC !
ON N'A JAMAIS PENSÉ ÇA...
SALUT LES PETITS CANARDS !
FFFF
FFFFF
BON ! C'EST PAS LE TOUT...
TU CROIS VRAIMENT QUE ÇA VAUT LA PEINE DE FAIRE SIGNE AUX BAGNOLES QU'ON VIENT DE DOUBLER AVEC TONTON JULES ?
REISER

Y'A UN MALAISE CHEZ LES BOURGEOIS
ON AVAIT ACHETÉ UN APPARTEMENT AVEC UNE CHAMBRE D'AMIS ET DEUX SALLES DE BAIN
ON AVAIT UNE GROSSE VOITURE, AVEC DEUX BELLES PLACES À L'ARRIÈRE, C'EST BIEN PRATIQUE POUR LES AMIS
NOTRE PAVILLON DE GARDE POUR LES AMIS DU WEEK END
ON AVAIT UN YACHT AVEC DEUX COUCHETTES POUR LES AMIS QU'UNE CROISIÈRE INTERESSERAIT
ET PUIS UN JOUR ON S'EST APERÇUS QU'ON AVAIT PAS D'AMIS

FRITES 2F
DEUX FRANCS LE CORNET DE FRITES !
QU'EST-CE QUE ÇA COÛTE DE FAIRE DES FRITES ?
CINQ CENTIMES POUR LES PATATES, CINQ CENTIMES POUR L'HUILE ET LA CUISSON...
UN FRANC QUATRE VINGT DIX DE BÉNÉFICE PAR CORNET !
COMBIEN PEUT-IL VENDRE DE CORNETS EN UNE JOURNÉE ?
JE VAIS CHRONOMETRER.
EN CINQ MINUTES, IL EST VENU DOUZE PERSONNES !
DOUZE PERSONNES À UN FRANC QUATRE VINGT DIX... ÇA FAIT NGNN NGNN... EN GROS ...NGNN MULTIPLIE PAR.. GNA METTONS 200 POUR SIMPLIFIER NGNNN N!
VINGT FRANCS DE BÉNÉFICE BRUT PAR CINQ MINUTES !
240 FRANCS DE L'HEURE, CINQ HEURES DE TRAVAIL, ON ARRIVE À 1200 FRANCS PAR JOUR
PAR JOUR !
AU BUREAU, IL ME FAUT DEUX SEMAINES POUR GAGNER ÇA...
DEUX SEMAINES D'EMMERDEMENTS SANS NOM, DE RESPONSABILITÉS, D'INTRIGUES MITEUSES, AVEC LES TYPES D'IBM SUR LE DOS...
L'ANNÉE PROCHAINE, MOI AUSSI JE VENDS DES FRITES !
MAIS, MIEUX QUE LUI...
BON, MAMAN, PAS DE PROBLÈME, LA CUISSON. C'EST UNE SPÉCIALISTE.

FIFILLE, QUI EST ENCORE EN SECONDE À 18 ANS... UNE HONTE ! QUITTE LE LYCÉE, ELLE DONNE UN COUP DE MAIN, SERT LES CORNETS, REND LA MONNAIE.
FISTON, QUI TRAINAILLE APRÈS SA LICENCE SANS SAVOIR QUOI FAIRE APRÈS... À L'EPLUCHAGE !
MOI, JE M'OCCUPE DES FORMALITÉS, DES CONTACTS etc...
PROFITE - EN MON GAILLARD, L'ANNÉE PROCHAINE, FINI LE BON TEMPS, MOI AUSSI, JE VENDRAI DES FRITES !
REISER

LES RAPACES DE L'AUTOROUTE
PÉAGE
L'AUTOROUTE EST BORDÉE DE VOLEURS COMME LES BELLES ROUTES NATIONALES BORDÉES DE PEUPLIERS
RESTAURANTS DÉGUEULASSES, PÉAGES EXORBITANTS...
Y A PIRE...
... C'EST LE FLIC, PLANQUÉ DERRIÈRE LES GUÉRITES ET QUI VOUS FAIT SIGNE
ÇA, ÇA FOUT EN RAGE!
ALORS, ON NE MET PAS SA CEINTURE?
Z'ONT TORT DE SE COMMETTRE À ÇA
LES MOTARDS ÉTAIENT LES SEULS FLICS AURÉOLÉS D'UNE IMAGE DE MARQUE DE POLICIER COURAGEUX JUSTE, FORT ET BRAVE...
UN "ANGE DE LA ROUTE" QUI POUVAIT RENDRE SERVICE ET NE S'ATTAQUAIT COURAGEUSEMENT QU'AUX CHAUFFARDS ÉCRASEURS.
BEN, L'ANGE DE LA ROUTE VA BIENTÔT LAISSER LA PLACE AU VAUTOUR LÂCHE ET FEIGNANT ATTENDANT SA PROIE, SANS LE MOINDRE EFFORT, AU DÉFILÉ DU PÉAGE
CROAK

LUTTE ANTIALCOOLIQUE
POUR EMPÊCHER LES GENS DE BOIRE, FAUT LES PRÉVENIR !
AH AH
ATTENTION ÇA SAOULE !
FAUT QUE JE ME MÉFIE...

UN GENDARME DE MORT...
1000 DE RETROUVÉS!
?
VOUS AVEZ LES PAPIERS DU VÉHICULE ?
HÉÉÉK
QUOI?
RHEÛ...
HIC ?
C'EST... HEUEU...
HOUÊK! UNE... UNE... AUTO... FLOUCHT TAMPON...
CONDUITE EN ÉTAT D'IVRESSE?
HOUÊÊÊK!
HÉ HÉ
C'EST.... BFLOUCHT AUTO... BLOUEUÂRK!... TAMPONNEUSE
C'EST... C'EST VOUS QUI ÊTES BOURRÉS!

INSULTE À AGENTS ?
HÉ !
SUIVEZ-NOUS À LA GENDARMERIE !
ALORS LÀ… HEU MERDE, ALORS !… ZEUEU… ZEU Z'EXAGÉREZ !
SILENCE
NON… HEIN… Z'EXAGÉREZ… HPLEÜK ! VRAIMENT !
NOM, ADRESSE, DATE ET LIEU DE NAISSANCE
J'AI… J'AI LE DROIT DE BOIRE UN COUP ! LE SAMEDI… HEIN ?
SILENCE
ET DANS LES AUTOS TAMPON… C'EST… BLEUF… PERMIS
ALORS ?
ÇA SE PASSE BIEN ?
AH, NON, ALORS !
VOYONS LE RAPPORT… OUI… MHMM… BIEN MHMM… CORRECT !
PARCEQUE… FAUT PAS EXAGÉRER…
L'ARRESTATION S'EST BIEN PASSÉE, ? PAS DE BRUTALITÉS ?
AUCUNE, BRIGADIER, POUVEZ CONSTATER
BEN… BEN… Y'AURAIT PLUS MANQUÉ QUE ÇA !
TERMINÉ POUR VOUS, CHER MONSIER !
HEIN ?
ET GRAND MERCI D'AVOIR AIDÉ NOS PETITS JEUNES DU CONTINGENT…
…À S'ENTRAÎNER AU DUR MÉTIER DE
HÉ OUI, COMPRENEZ-NOUS… NOUS NE POUVONS LÂCHER SUR LA VOIE PUBLIQUE DES GENDARMES DÉBUTANTS… SANS EXPÉRIENCE
ALORS ON CHOISIT UN TERRAIN D'EXPÉRIENCE FACILE, TRÈS FACILE AU DÉBUT, POUR LEUR APPRENDRE À INTERPELLER LES AUTOMOBILISTES
AH OUAIS ?

PERMETTEZ QUE L'ON VOUS OFFRE UNE BIÈRE?
... PAS DE REFUS... HIC
BRRR
GENDARMERIE
?
TU SORS BOURRÉ DE CHEZ LES FLICS ?
BEN... HEU...
BIEN SÛR, J'AI ÉTÉ ARRÊTÉ POUR CONDUITE EN ÉTAT D'IVRESSE!
T'AS DU POT QU'ILS T'AIENT LAISSÉ REPARTIR !
AH OUI... MAIS ATTENTION... BEUÂRK!...
ATTENTION
JE LEUR AI DIT QUE J'AVAIS UN AMI HAUT PLACÉ!...
ALORS, ILS SE SONT ÉCRASÉS!
T'AS DU POT!
REISER

LIMITATION DE VITESSE
DEPUIS LONGTEMPS ON VOULAIT L'IMPOSER, TROP IMPOPULAIRE. INAPPLICABLE EN TEMPS NORMAL
ON VEUT ROULER À 180!
HEUREUSEMENT ZORRO EST ARRIVÉ
90 SUR LES ROUTES
130 SUR LES AUTOROUTES
PAS TROP TÔT
RRROUAÂÂ
LES ACCIDENTS À 180, C'EST RENTABLE POUR PERSONNE
REGARDEZ-MOI ÇA... PLUS RIEN À RÉCUPÉRER POUR UN GARAGISTE
TOUT LE MONDE EST MORT, TROIS GROS CLIENTS EN MOINS POUR NOTRE CONCESSIONNAIRE
PERTE SÈCHE POUR LES ASSURANCES... LES VEUVES VONT TOUCHER UN SACRÉ PAQUET
TANDIS QU'AVEC LA LIMITATION, ON CONSERVE LES BONS ACCIDENTS, CEUX QUI RAPPORTENT... UN PETIT VIRAGE MANQUÉ À 60 À L'HEURE PAR EXEMPLE...
MERDE!

BON, Y'AURA L'AILE DROITE À REFAIRE, LE CARDAN, LE CAPOT, LE RADIATEUR... EN GROS, 2500, 3000 FRANCS...
COMPTEZ PLUTÔT 3000
TROIS MOIS DE RÉÉDUCATION DANS MA CLINIQUE À 300 FRANCS PAR JOUR ET VOUS COURREZ COMME UN LAPIN
LES SALAUDS ! ILS ONT MAJORÉ MA PRIME D'ASSURANCE DE 150 FRANCS
MOI, JE TROUVE QU'ON DEVRAIT PAS CONTINUER À ROULER DANS UNE AUTO QUI A DÉJÀ EU UN ACCIDENT
À 80 Km/h LES BAGNOLES S'USENT QUAND MÊME, LES PARCOURS PLUS LONGS, ON S'Y EMMERDE, ON ACHÈTE DES POSTES
VOUS DEVRIEZ PRENDRE UN LECTEUR DE CASSETTES, VOUS ÉCOUTERIEZ LA MUSIQUE QUI VOUS PLAÎT
POUR COUPER LE PARCOURS ON S'ARRÊTE EN ROUTE, ÇA FAIT MARCHER LE PETIT COMMERCE.
LES ROUTIERS
CROYEZ LES CONSEILS D'UN ÉCONOMISTE, POUR LA SOCIÉTÉ INDUSTRIELLE...
LA BAGNOLE C'EST UNE VACHE À LAIT
QUI DOIT SUIVRE SON PETIT BONHOMME DE CHEMIN...
...SE LAISSER TRAIRE TOUS LES SOIRS...
ET C'EST PAS EN LA FAISANT COURIR PLUS VITE QU'ON AURA PLUS DE LAIT
REISER

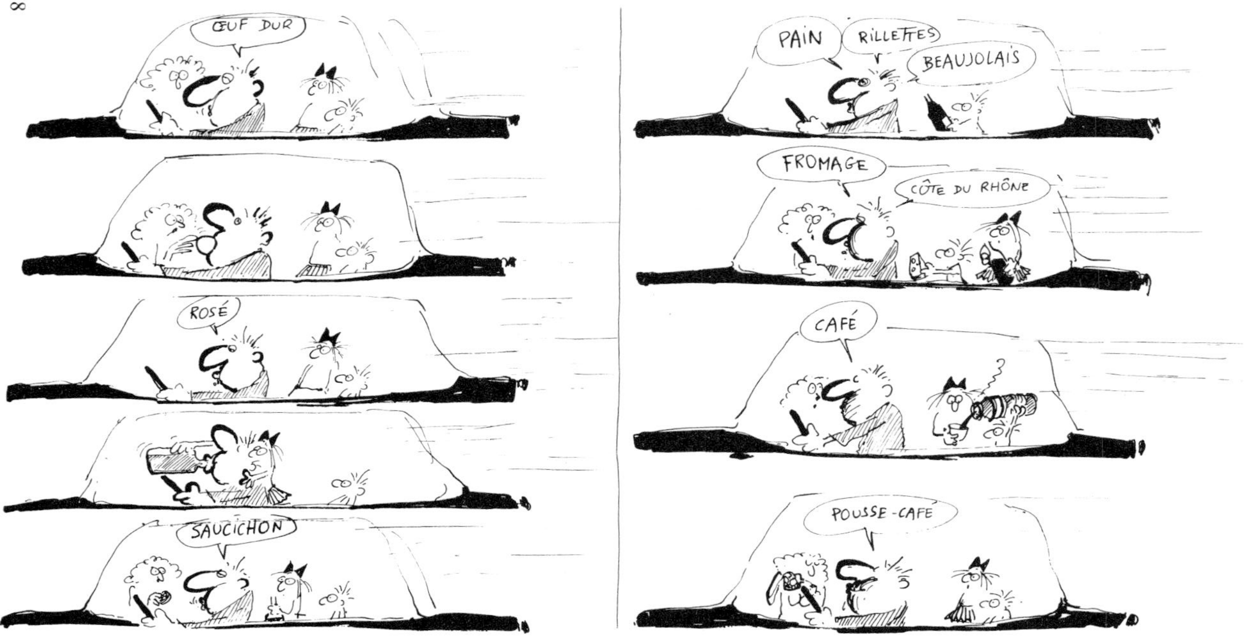
ŒUF DUR
ROSÉ
SAUCICHON
PAIN
RILLETTES
BEAUJOLAIS
FROMAGE
CÔTE DU RHÔNE
CAFÉ
POUSSE-CAFÉ

RE. POUSSE-CAFÉ
AHHH, LÀ JE SUIS BIEN !
REPUS, BIEN CALÉ, MA PETITE FAMILLE AUTOUR DE MOI...

MON PETIT 160 CHRONO
ON IRAIT AU BOUT DU MONDE...
ET IL FAUT QU'UN IMBÉCILE VIENNE TOUT GÂCHER

ALCOOTEST :
Y'A DE L'ABUS!
VOICI UN ALCOOTEST DE COULEUR ROUGE
SOUFFLEZ!
L'ALCOOTEST A PRIS UNE COULEUR TRANSPARENTE!
CET AUTOMOBILISTE A DE L'ALCOOL DANS LE SANG ON L'ARRÊTE!

LA PÉTANQUE DANS LA POUSSIÈRE

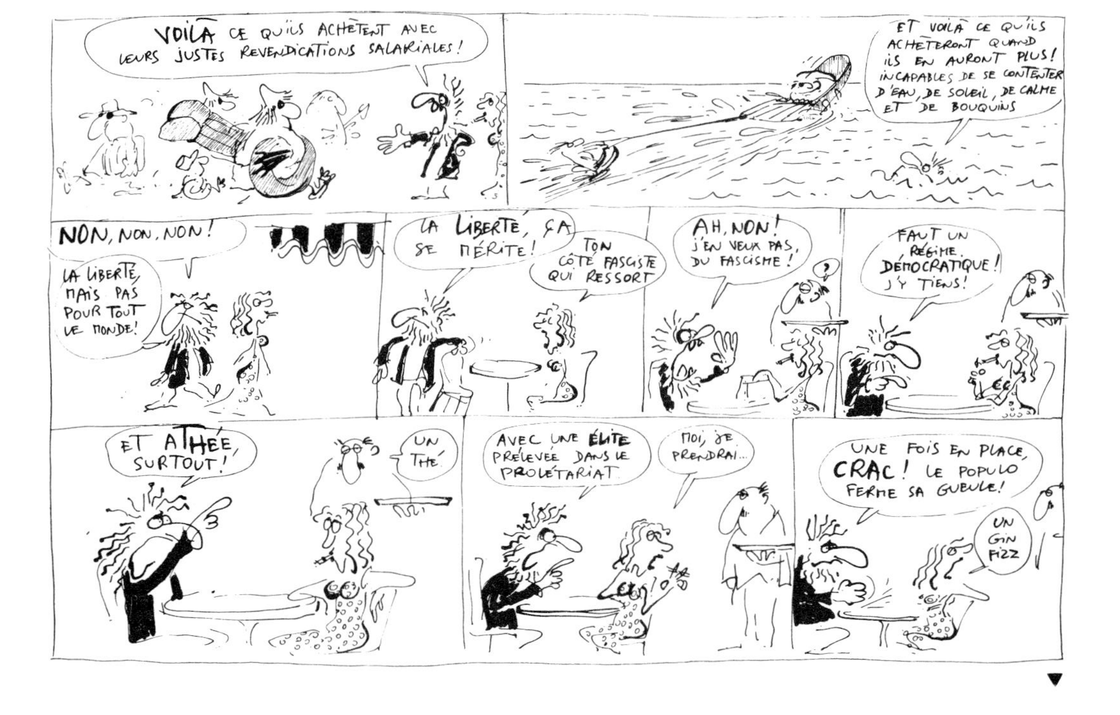
VOILÀ CE QU'ILS ACHÈTENT AVEC LEURS JUSTES REVENDICATIONS SALARIALES !
ET VOILÀ CE QU'ILS ACHÈTERONT QUAND ILS EN AURONT PLUS ! INCAPABLES DE SE CONTENTER D'EAU, DE SOLEIL, DE CALME ET DE BOUQUINS
NON, NON, NON !
LA LIBERTÉ, MAIS PAS POUR TOUT LE MONDE !
LA LIBERTÉ, ÇA SE MÉRITE !
TON CÔTÉ FASCISTE QUI RESSORT
AH, NON ! J'EN VEUX PAS, DU FASCISME !
?
FAUT UN RÉGIME DÉMOCRATIQUE ! J'Y TIENS !
ET ATHÉE, SURTOUT !
UN THÉ
AVEC UNE ÉLITE PRÉLEVÉE DANS LE PROLÉTARIAT
MOI, JE PRENDRAI...
UNE FOIS EN PLACE, CRAC ! LE POPULO FERME SA GUEULE !
UN GIN FIZZ

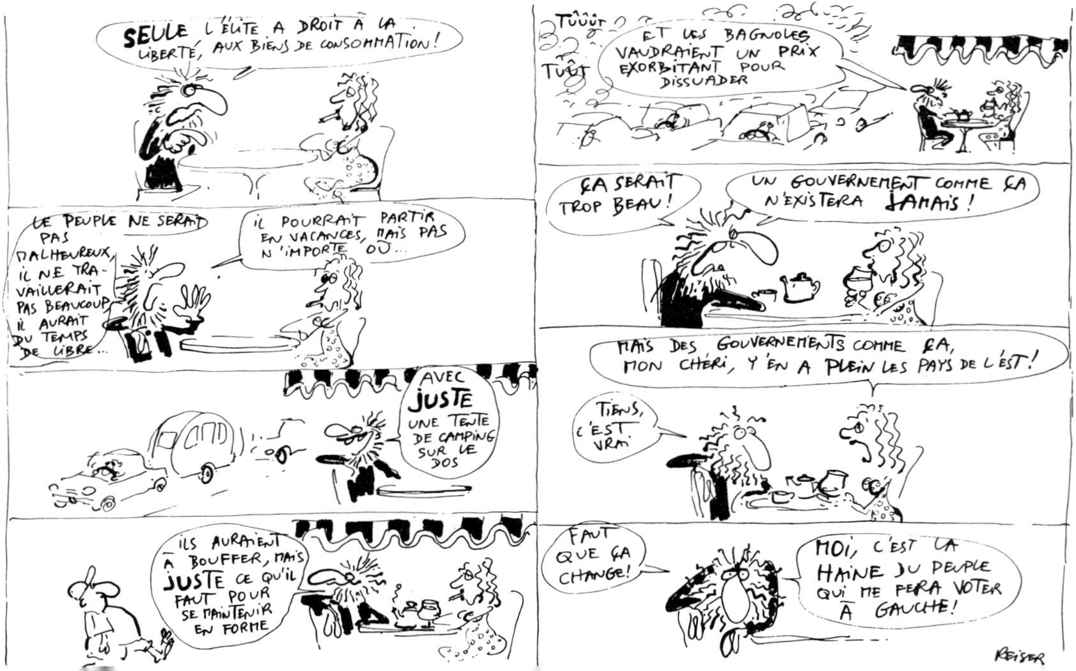

SEULE L'ÉLITE A DROIT À LA LIBERTÉ, AUX BIENS DE CONSOMMATION !
LE PEUPLE NE SERAIT PAS MALHEUREUX, IL NE TRAVAILLERAIT PAS BEAUCOUP IL AURAIT DU TEMPS DE LIBRE…
IL POURRAIT PARTIR EN VACANCES, MAIS PAS N'IMPORTE OÙ…
AVEC JUSTE UNE TENTE DE CAMPING SUR LE DOS
ILS AURAIENT À BOUFFER, MAIS JUSTE CE QU'IL FAUT POUR SE MAINTENIR EN FORME
TÛÛÛT
TUÛT
ET LES BAGNOLES VAUDRAIENT UN PRIX EXORBITANT POUR DISSUADER
ÇA SERAIT TROP BEAU !
UN GOUVERNEMENT COMME ÇA N'EXISTERA JAMAIS !
MAIS DES GOUVERNEMENTS COMME ÇA, MON CHÉRI, Y'EN A PLEIN LES PAYS DE L'EST !
TIENS, C'EST VRAI
FAUT QUE ÇA CHANGE !
MOI, C'EST LA HAINE DU PEUPLE QUI ME FERA VOTER À GAUCHE !
REISER

ALORS ? ON MANGE À PART, EN PLEIN SOLEIL, ON VEUT ÊTRE BRONZÉE EN ARRIVANT ?
PUISQUE VOUS NE VOULEZ PAS M'ACHETER UNE LAMPE À ULTRA-VIOLETS POUR BRONZER À LA MAISON.
PFFFT... ULTRA-VIOLETS...
EN TOUS CAS, COMPTE PAS SUR MOI POUR PASSER MES SOIRÉES À METTRE DE LA CRÈME SUR TES COUPS DE SOLEIL.

MERCI, JE TROUVERAI QUELQU'UN POUR ÇA
ET QUI Y PRENDRA PLAISIR.
AH! JE T'EN PRIE, SOIS PAS INDÉCENTE!
ÇA VA ÊTRE DU JOLI, CETTE ANNÉE, MAINTENANT QU'ELLE A LA PILULE...
DU JOLI, DU JOLI, C'EST PAS PARCE QU'ON A LA PILULE, QU'ON PEUT TRAÎNER AVEC N'IMPORTE QUI!
SI, JUSTEMENT!
NON MA PETITE, LA PILULE, C'EST: "AU CAS OÙ"...
NUANCE

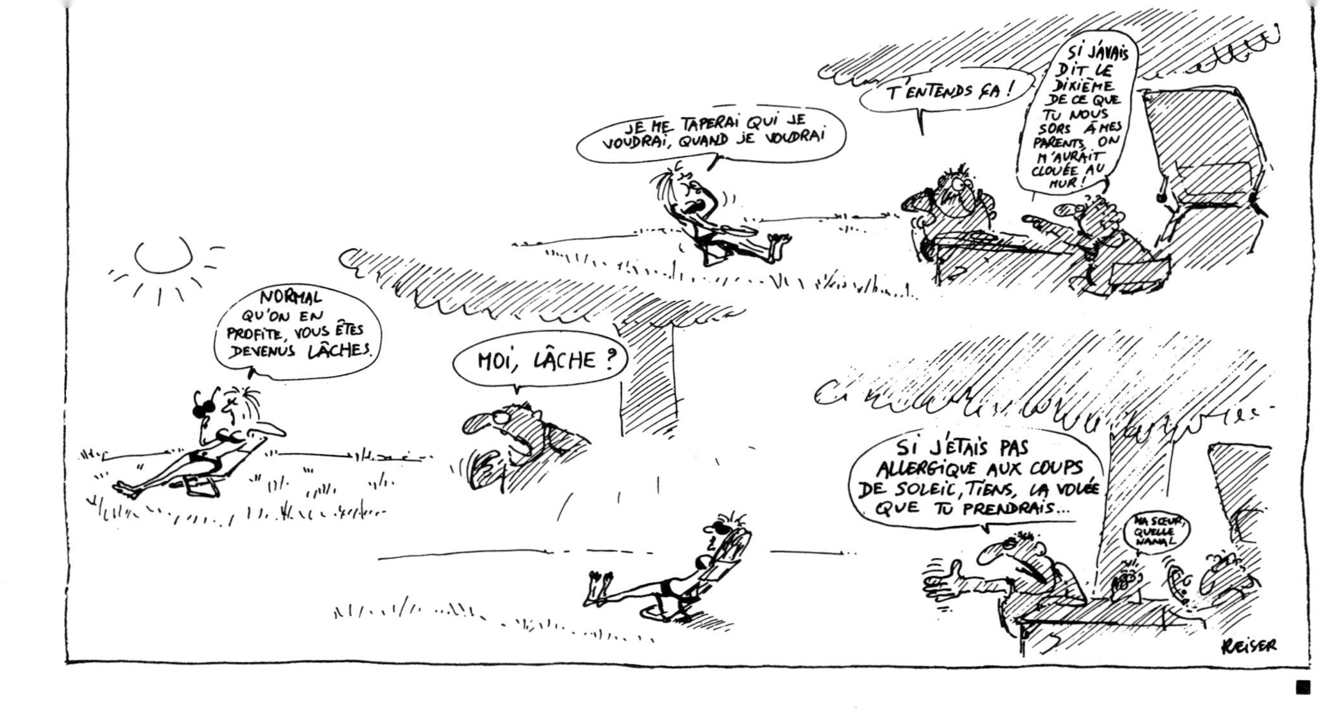
NORMAL QU'ON EN PROFITE, VOUS ÊTES DEVENUS LÂCHES.
MOI, LÂCHE ?
JE ME TAPERAI QUI JE VOUDRAI, QUAND JE VOUDRAI
T'ENTENDS ÇA !
SI J'AVAIS DIT LE DIXIÈME DE CE QUE TU NOUS SORS À MES PARENTS, ON M'AURAIT CLOUÉE AU MUR !
SI J'ÉTAIS PAS ALLERGIQUE AUX COUPS DE SOLEIL, TIENS, LA VOLÉE QUE TU PRENDRAIS...
MA SŒUR, QUELLE NANA !
REISER

BISTROTS FAUSSAIRES
SONT EN PLASTIQUE MAINTENANT, LES TABLES DE BISTROT ?
TOC TOC
DU PLASTIQUE QUI IMITE LE MARBRE
RAPACE !
C'EST SI CHER QUE ÇA, LE MARBRE ?
NON, MAIS VOUS SAVEZ COMBIEN ÇA PÈSE, LE MARBRE ?
ON VOIT BIEN QUE CE N'EST PAS VOUS QUI RENTREZ LES TABLES LE SOIR !
TOC TOC
TOC TOC ?
DU TEMPS OÙ LES TABLES ÉTAIENT EN MARBRE…
JE LAISSAIS DES PIÈCES QUI FAISAIENT GUILING GUILING
J'AIMAIS BIEN
AUJOURD'HUI, TOC TOC
ON VOUS ENLÈVE MÊME LE PLAISIR DE LAISSER UN POURBOIRE !

L'ANTI-DÉLATION
90
HOODo... DOIT Y AVOIR DES FLICS DANS LE COIN...
HÉ HÉ HÉ
60

FAUT QUE JE PRÉVIENNE CEUX D'EN FACE
AH !
DES APPELS DE PHARES EN PLEIN JOUR
Y'AURAIT DES FLICS UN PEU PLUS LOIN...
... QUE ÇA NE SERAIT PAS ÉTONNANT
60
ON VIENT D'ASSISTER À UN ACTE DE HAUTE CIVILISATION !...
OUAIS
SEULEMENT FAUT PAS SE FAIRE PIQUER
CELUI QUI SE FAIT PIQUER : 100 SACS D'AMENDE !
ON EST BIEN DIRIGÉS PAR DES CONS QUI NE VEULENT PAS QU'UNE ENTRAIDE ANTIFLIC NAISSE DANS LA POPULATION.
VOILÀ UN GENRE D'INFRACTION ABSOLUMENT BÉNÉFIQUE POUR TOUT LE MONDE

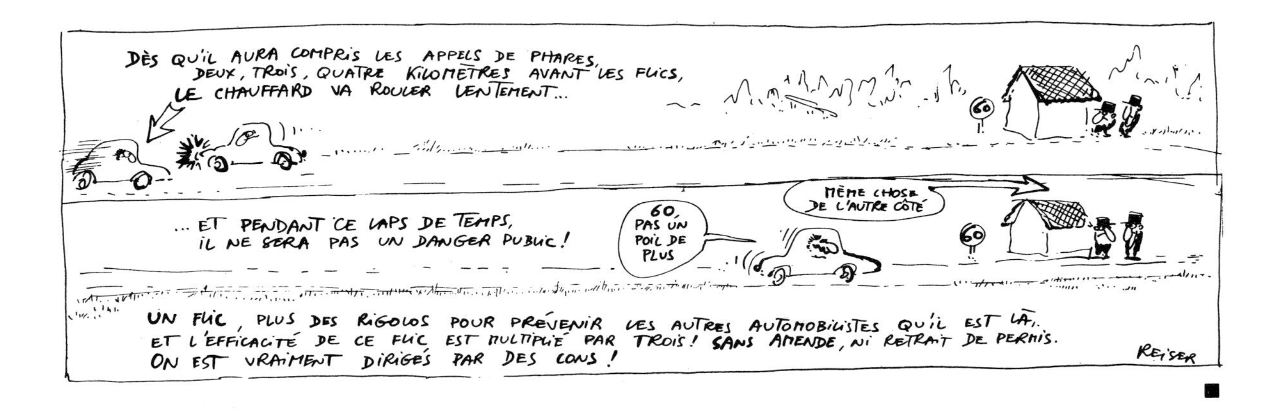
DÈS QU'IL AURA COMPRIS LES APPELS DE PHARES, DEUX, TROIS, QUATRE KILOMÈTRES AVANT LES FLICS, LE CHAUFFARD VA ROULER LENTEMENT...
60
... ET PENDANT CE LAPS DE TEMPS, IL NE SERA PAS UN DANGER PUBLIC !
60, PAS UN POIL DE PLUS
MÊME CHOSE DE L'AUTRE CÔTÉ
60
UN FLIC, PLUS DES RIGOLOS POUR PRÉVENIR LES AUTRES AUTOMOBILISTES QU'IL EST LÀ...
ET L'EFFICACITÉ DE CE FLIC EST MULTIPLIÉ PAR TROIS ! SANS AMENDE, NI RETRAIT DE PERMIS.
ON EST VRAIMENT DIRIGÉS PAR DES CONS !
REISER

GROS CONS GROS LOTS
DÉLUGE DE CONTRAVENTIONS
IL S'EN DISTRIBUE DES AMENDES, CHAQUE ANNÉE! DES MILLIONS! DANS UN DE CES CLIMATS DE HAINE!...
RESTA
TÛT TÛT TÛT
ON POURRAIT REVOIR L'URBANISME, CE SERAIT LA SOLUTION MODERNE.
LE MODERNISME, POUR LES GROS CONS, C'EST TRAITER LES AMENDES SUR ORDINATEUR
ON POURRAIT AU MOINS RENDRE ÇA UN PEU PLUS RIGOLO. 150 FRANCS L'AMENDE, ON PRÉLÈVE UN DIXIÈME POUR UNE LOTERIE 15 FRANCS...
ENSUITE, TIRAGE AU SORT, UNE AMENDE GAGNANTE SUR 10 000
BOF, J'AURAI PEUT-ÊTRE LE GROS LOT...
JE M'ACHÈTERAI UNE MERCÉDES
COUCOU
JE SUIS MIEUX QU'ELLE
C'EST ENCORE LES PLUS RICHES QUI SERONT GÂTÉS
PLUS ILS AURONT D'AMENDES, PLUS ILS AURONT DE CHANCE DE GAGNER LE GROS LOT

ALORS, ON TROUVE UN SYSTÈME PLUS JUSTE ; LES BELLES BAGNOLES, ON LES ENLÈVE, ON LES CONFISQUE...

... ET ÇA DEVIENT UN GROS LOT

VOUS AVEZ GAGNÉ AU CHOIX : UNE PORSCHE, UNE 604 OU UNE JAGUAR

ÇA N'A L'AIR DE RIEN, MAIS ÇA METTRAIT DE L'ANIMATION DANS NOTRE PETITE VIE...

L'AUTRE JOUR, AVEC MA R.8 POURRIE, J'ATTRAPE UN P.V

COUP DE BOL, JE GAGNE LE GROS LOT

UNE MERCEDES 300

JE COURS LA CHERCHER

JE VAIS FÊTER ÇA AVEC MON FRANGIN...

ON SE BOURRE LA GUEULE

EN RENTRANT, J'EMPLAFONNE UN MEC AU FEU ROUGE

C'ÉTAIT LE MEC QUI S'ÉTAIT FAIT ENLEVER LA MERCEDES TROIS JOURS PLUS TÔT

IL ÉTAIT DANS LA BAGNOLE DE SA FEMME, PAS HEUREUX, LE MEC

PAS HEUREUX !

MOI, JE M'EN FOUS, HEIN ? L'ASSURANCE REMBOURSE, ET J'AI TOUJOURS LA R.8

REISER

RECALÉ POUR LA DIXIÈME
FOIS AU PERMIS DE CONDUIRE,
IL SE PEND!
QUE FAUT-IL FAIRE AVANT DE DOUBLER?
J'AGITE L'OREILLE GAUCHE
JE CLIGNE DE L'ŒIL DROIT
JE TIRE LA LANGUE
JE PÈTE
ET JE CHIE DANS MON FROC

DEBUT DES VACANCES : VOUS PASSEZ DEVANT LE MARCHAND DE GLACES.
GAUFRES GLACES
VOTRE MÔME EN VEUT UNE
GAUFRES GLACES
LE PREMIER JOUR, ÇA FAIT MESQUIN DE REFUSER 4 FRANCS
VOTRE MÔME VOUS RÉCLAMERA AUSSITÔT APRÈS :
...UN MASQUE ET DES PALMES !
VOUS ACHETEZ UN MASQUE, DES PALMES ET VOUS PERDEZ 4 FRANCS
POURQUOI 4 FRANCS ?
SI VOUS ÉTIEZ PASSÉ D'ABORD DEVANT LE MARCHAND DE PALMES...
GLACES
GLACES GAUFRES
VOTRE MÔME TOUT ÉQUIPÉ ET REGARDANT PAR TERRE POUR NE PAS SE CASSER LA GUEULE N'AURAIT PAS FAIT ATTENTION AU GLACIER.
HMF HUMF
ET MÊME S'IL FAIT MINE DE... VOUS AVIEZ LA POSSIBILITÉ DE L'EN DISSUADER EFFICACEMENT...
VOUS AURIEZ ÉCONOMISÉ 4 FRANCS, ET L'HEBDO NE VOUS AURAIT RIEN COÛTÉ !...
CHARLIE HEBDO
REISER

FRANCE RAPACE

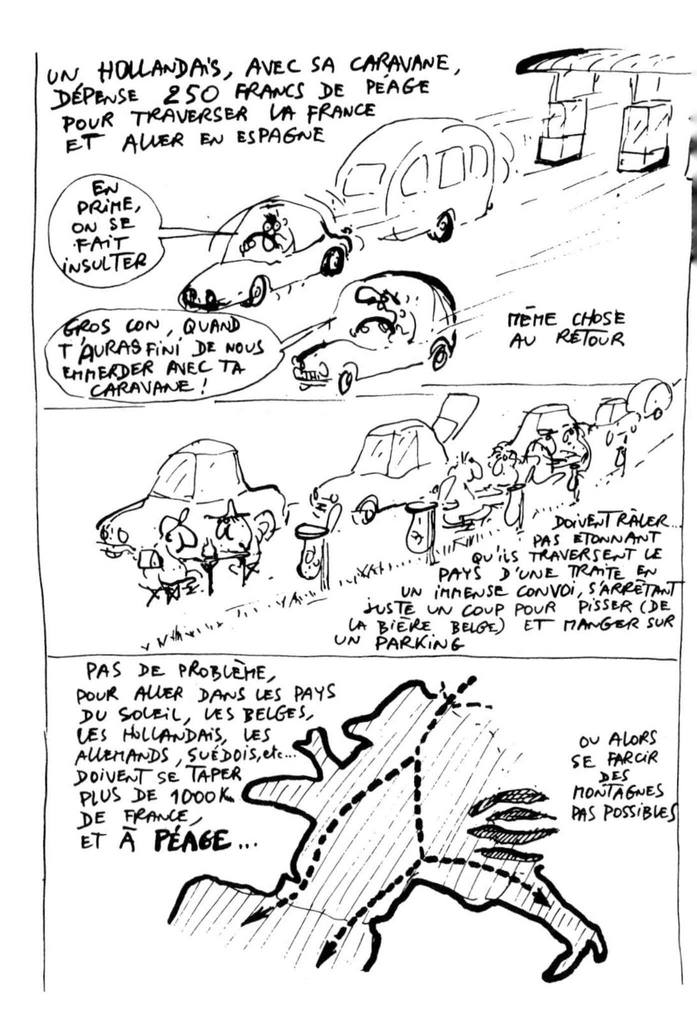

CHAQUE ANNÉE, DOIT BIEN TRANSITER 50 MILLIONS DE VÉHICULES ÉTRANGERS QUI DÉPENSENT 100 FRANCS PAR VÉHICULE EN MOYENNE

500 MILLIARDS DE CENTIMES!...

PRÉLEVÉS AU PASSAGE PAR LES SOCIÉTÉS D'AUTOROUTES

ON EST UN PAYS DE RAPACES!

QU'EST-CE QU'ILS DOIVENT GUEULER!

ET IL N'Y A RIEN À FAIRE!...

FAUT QU'ILS PASSENT PAR LÀ POUR BRONZER!

LA FRANCE, C'EST LE CLIMAT IDÉAL, JUSTE ASSEZ CHAUD POUR CREVER EN VOITURE EN LA TRAVERSANT

MAIS PAS ASSEZ POUR AVOIR DES VACANCES 100% CIEL BLEU...

ET PUIS ILS N'ONT QU'À PRENDRE L'AVION!...

LÀ AUSSI, MÊME CHOSE, LE GROS PÉAGE QU'ON POURRAIT EXIGER...

POUR TOUS LES ZINCS QUI SURVOLENT NOTRE TERRITOIRE

ÉVIDEMMENT, CES AVIONS POURRAIENT NOUS CONTOURNER

MAIS LES SUISSES RÂLERAIENT VITE DE VOIR LEUR CIEL ZÉBRÉ

▼

AH, PUIS NOUS FAUDRAIT DES CANAUX AUSSI, TRÈS LARGES
RHÔNE RHIN, MOSELLE... TOUT CE QU'IL FAUT POUR RELIER LE NORD AU SUD
ON GAGNERAIT PLEIN DE FRIC EN DROITS DE PÉAGE ÉNORMES! EN RICANANT
AH, ÇA NE SERAIT PAS MORAL...
LES PAYS SONT COMME LES ÊTRES HUMAINS... CERTAINS PRÉFÈRENT TRAVAILLER ET PRODUIRE... D'AUTRES VIVRE DE COMBINES
PANAMA ET SON CANAL
LES PAVILLONS DE COMPLAISANCE, LES ZONES FRANCHES
ET LES PAYS ARABES? AVEC LEUR PÉTROLE, ILS GAGNENT PLEIN DE FRIC SANS RIEN FOUTRE!
ET LES SUISSES, DONC? AVEC LE POGNON DES AUTRES?
ON NE SERAIT PAS LES SEULS!
REISER

AVEC LE BUDGET ANNUEL DE L'ARMÉE FRANÇAISE, ON POURRAIT FAIRE BOUFFER ET SAOULER LA GUEULE À TOUTE LA PLANÈTE UNE JOURNÉE PAR AN !

ДА ЗДРАВСТВУЕТ ФРАНЦИЯ !
VOUS IMAGINEZ LE BANQUET ANNUEL DE L'AMBASSADE DE FRANCE EN UKRAINE ?
TOUS LES PAYS INTÉRESSÉS REFUSERAIENT DE SE PRÊTER À UNE TELLE MASCARADE !
Y'AURAIT DES ÉMEUTES PARCEQU'ON PRÉVIENDRAIT LES GENS DE CES PAYS.
ON SAVAIT QU'ON AVAIT DES CONS AU GOUVERNEMENT, MAIS PAS À CE POINT.
QUOI ? L'AMBASSADE DE FRANCE NOUS OFFRE UN GUEULETON ET NOTRE GOUVERNEMENT REFUSE ?
LES FRANÇAIS SONT DES MECS FORMIDABLES !
CERTAINES RELIGIONS INTERDISENT L'ALCOOL.
TANT MIEUX !
Y EN AURA PLUS POUR LES ATHÉES !
POUR UNE FOIS, ON NE MÉPRISERAIT PLUS LES ARABES.
ENCORE MERCI POUR LE PINARD !
SANS FAÇON !
ON EST CON, SI ÇA SE TROUVE, C'EST BON CE TRUC-LÀ.

FAUDRAIT ACHETER DES DENRÉES ALIMENTAIRES À L'ÉTRANGER...
OUI, MAIS COMME LES TOURISTES FRANÇAIS ÉCONOMISERAIENT DES DEVISES...
VOUS ÊTES FRANÇAIS ?
HEU... OUI.
ON CHERCHE UN RESTAURANT.
PAS QUESTION ! ON VOUS INVITE ! VOUS RESTEREZ DORMIR ! C'EST LA MOINDRE DES CHOSES...
ÇA FERAIT BOULE DE NEIGE
IMAGINE QUE D'AUTRES PAYS EN FASSENT AUTANT...
SI LE BUDGET MILITAIRE DES ÉTATS-UNIS ÉTAIT CONVERTI EN MANGEAILLE...
TOUTE LA PLANÈTE POURRAIT BÂFRER À L'ŒIL PENDANT UN MOIS !
L'URSS, PAREIL !

ET SI LA CHINE ET L'INDE S'Y METTAIENT... MALHEUR!...
C'EST SIMPLE, ON BOUFFRAIT À L'ŒIL LA MOITIÉ DU TEMPS.
LA LUMIÈRE, LA GÉNÉROSITÉ, LA LIBERTÉ, REVIENDRAIENT SUR CETTE PLANÈTE...
EXCUSEZ... LES MARTIENS ONT-ILS DROIT AU BANQUET?
OVNI
TIRE-TOI MÉTÈQUE!

SOUVENIRS DE VACANCES
HMMMF HMMMF
AÏE!
PAS COMME ÇA, MES COUPS DE SOLEIL DANS LE DOS!
COMME ÇA AUSSI, ÇA ME FAIT MAL!
NON JE NE PEUX PAS LES PLIER, J'AI DES COUPS DE SOLEIL DERRIÈRE LES JAMBES
OUILLE! Y'A DU SABLE DANS LE LIT
T'ES BIEN DOUILLETTE
ON VOIT BIEN QUE C'EST PAS TOI QUI EST EN DESSOUS
BON, ON VA CHANGER
MMMH... PEUX PAS, J'AI LES LÈVRES GERCÉES PAR LE SEL
L'ANNÉE PROCHAINE, ON VA EN VACANCES DANS UNE TOURBIÈRE ÉCOSSAISE
REISER

TU T'ES ENCORE BATTU AVEC LE PLAGISTE ?
À PROPOS DE LA PLAGE PRIVÉE ?
TU SAIS BIEN QU'IL EST TROIS FOIS PLUS FORT QUE TOI !
TROIS FOIS PLUS FORT ? TROIS FOIS PLUS FORT ? TROIS FOIS PLUS GRAS, OUI !
POURQUOI TU T'OBSTINES ?
IL Y AURA TOUJOURS DES RICHES ET DES PAUVRES...
SI ON T'ECOUTAIS, ON EN SERAIT ENCORE AU MOYEN-ÂGE...
FAUT TOUJOURS SE BATTRE DANS LA VIE. LE PROGRÉS, C'EST QUAND LES PAUVRES CASSENT LA GUEULE AUX RICHES
JE T'ENVIE D'AVOIR UN IDÉAL
ET EN PLUS, IL N'A PAS LE DROIT !
CINQ METRES QU'IL DOIT LAISSER ENTRE LE BORD DE MER ET SES MATELAS !
TOUS LES ANS TU DIS ÇA
CETTE ANNÉE EN PLUS, TU TE BATS
PARCE QUE CETTE ANNÉE, LES GOSSES SONT EN COLO, JE PEUX ME BATTRE SANS ÊTRE RIDICULE DEVANT EUX
MON ZORRO DES PLAGES PRIVÉES...
FAUDRAIT QUE TU T'ARRÊTES, POURTANT ON RENTRE BIENTÔT ILS VONT S'APERCEVOIR QUE TU AS EU LE DESSOUS

T'AS VU COMME J'AI BRONZÉ ?
MOI J'AI AUSSI LES SEINS BRONZÉS
TU METS QUOI COMME CRÈME ?
FAUT PAS ALLER SUR LES PLAGES RÉACS VOILÀ TOUT !
SERVICE SECRÉTAIRES
MOI, J'AI LE BRONZAGE INTÉGRAL !
HO ENCORE LUI !
COCHON ! VIEUX DÉGOÛTANT ! VICELARD !
PAUVRE TYPE
BÊÂÂÂ
CES GROSSES FESSES BLANCHES AVEC CES VILAINS ROUSTONS
EN PARLANT DE FESSES, T'AS VU LES MIENNES ?
VEINARDE ! BRONZAGE INTÉGRAL... OÙ ÇA ?
LACANAU PLAGE, PRÈS DE BORDEAUX UNE PLAGE IMMENSE PRESQUE PERSONNE
PAS UN FLIC, UN CIEL MAGNIFIQUE LE SABLE...
PAS BESOIN D'ALLER SI LOIN
AAAAAH !
ENCORE LUI !
SUR MON BALCON... BRONZAGE INTÉGRAL !

LES PLAISANTERIES LES PLUS COURTES SONT LES MEILLEURES !
T'AURAIS PAS DÛ LUI DIRE ÇA
TU LE CONNAIS...
LES PLUS COURTES, LES PLUS COURTES ?
QUOI QUOI ?
LES PLUS COURTES ?
C'EST LA PLUS COURTE, ÇA ?
HOOUOU QU'ELLE EST VILAINE !
FOUTEZ LE CAMP GROS DEGUEULASSE !
J'AIME QU'ON M'APPELLE GROS DÉGUEULASSE...
VU MA POSITION SOCIALE, VU MON PHYSIQUE...
SI J'ÉTAIS POLI ET EFFACÉ JE N'AURAIS JAMAIS UN REGARD DE CES JEUNES
EN ÉTANT OBSCÈNE ET MAL POLI ELLES SONT FORCÉES DE ME TÉMOIGNER QUELQUE INTÉRÊT
JE SUIS SÛR QU'ELLES PENSENT À MOI
DIRE QU'ON VA DEVOIR SUPPORTER LES PLAISANTERIES DE CE GROS SALAUD ONZE MOIS !...
RIEN QUE D'Y PENSER, J'AVAIS LE CAFARD EN RENTRANT DE VACANCES...
C'EST BIEN CE QUE JE DISAIS...
SERVICE
ECRETAIRE
REISER

LES RICHES ONT ABANDONNÉ LES PLAGES AUX PAUVRES

ILS NOUS ONT LAISSÉ LES COUPS DE SOLEIL

ALCOOLIQUES AU VOLANT UNISSEZ-VOUS!

SOUS LES PAVÉS, LA PLAGE... SOUS LA PLAGE, LA MERDE!

DES FRITES DES ANDOUILLETTES DES BLANQUETTES DE VEAU, DES SAUCISSES, DES TARTINES BEURRÉES...

ÇA DOIT PRODUIRE DE CES MERDES!...

ÉNORMES

GRASSES

ONCTUEUSES...

... QUI VONT SURNAGER PARESSEUSEMENT SUR LES FLOTS BLEUS PENDANT TROIS SEMAINES

ET ON BARBOTE AU MILIEU DE ÇA!

MOI, J'AI CONNU CE COIN, C'ÉTAIT UN PETIT PORT DE PÊCHE

VOUS ÊTES DE QUEL SIGNE?

_ON FRÉMIT À COMPTER LE NOMBRE DE STAPHYLOCOQUES CONTENUS DANS UN MILLILITRE D'EAU DE MER

VOUS ÊTES DANS LA MÉDECINE?

PRENEZ UNE PLAGE COMME CELLE-CI

COMPTEZ LES ESTIVANTS... DIVISEZ PAR LA LONGUEUR DE LA PLAGE

10_ESTIVANTS AU MÈTRE LINÉAIRE

ÇA DONNE GROSSO MODO DEUX KILOS DE MERDE AU MÈTRE LINÉAIRE DE PLAGE
VOUS ÊTES ÉCONOMISTE ?
ET ÇA, TOUS LES JOURS
ON VA EN CREVER, VOUS ALLEZ VOIR !
EN ATTENDANT JE PEUX VOUS INVITER À DINER.
JE PRENDRAI HORS-D'ŒUVRES VARIÉS AVEC CHARCUTERIE DU PAYS, UN GRATIN DE MOULES, LA PAËLLA...
... LE PLATEAU DE FROMAGE A L'AIR SYMPA.
MAIS VOUS BOUFFEZ COMME UNE VACHE !
... EN RESTANT MAIGRE COMME UN CLOU ?

VOUS ÊTES PIRE QUE LES GROS!
EUX AU MOINS...
TRANSFORMENT UNE PARTIE DE LEUR NOURRITURE EN GRAISSE.
TANDIS QUE VOUS! VOUS TRANSFORMEZ TOUT IN-TÉ-GRA-LE-MENT TOUT EN MERDE
VOUS N'ÊTES QU'UNE USINE À MERDE!
?

AH MAIS... DANS LA LUTTE CONTRE LA POLLUTION, FAUT SAVOIR ÊTRE COURAGEUX CONTRE TOUS LES POLLUEURS!... QUELS QU'ILS SOIENT!
REISER

VELOS VOLEURS

ENFIN… LE VELO C'EST BIEN, MAIS SA FAMILLE…
QUELLE BANDE DE CONS!
LE PLUS TARÉ DE TOUS: LE PÉDALO
LAID, LOURD, BÊTE CHER, VULGAIRE…
…SUIVI DE PRÈS PAR LE VELO-SKI, À PEU PRÈS AUSSI TARTE
LE TRIPORTEUR, C'EST PAS BIEN MALIN MAIS IL EST UTILE AU MOINS
LA FORME!
DES KILOS EN MOINS
NON, LE PLUS TRUAND DE TOUS, C'EST LE VELO GYMNASTIQUE
TROIS BOUTS DE FERRAILLE, UNE SELLE, UN GUIDON, UN COMPTEUR DE PUISSANCE ET C'EST TERMINÉ
PAS DE ROUES
PAS DE FREINS
PAS DE LUMIÈRE
PAS DE DERAILLEUR
PAS DE GARDE BOUE
PRIX MINIMUM 700 FRANCS!
ÇA PEUT ALLER JUSQU'À 1200 FRANCS POUR LES MODÈLES DE LUXE!
EN VENTE DANS LES BONNES PHARMACIES…
VAS-Y POULIDOR!
RICANE! TU SERAS BIEN CONTENT D'AVOIR UNE JOLIE FEMME MINCE ET FERME SUR LA PLAGE…
TU SERAS MIGNONNE AVEC DES PETITS MAILLOTS COMME ÇA
ET ÇA NE DOIT PAS COÛTER CHER
TU RIGOLES, 180 FRANCS LE MINI BIKINI, PLUS C'EST PETIT, PLUS C'EST CHER!
180 FRANCS!…
ET POUR POUVOIR METTRE ÇA, FAUT ACHETER UN VELO VOLEUR POUR MAIGRIR…
C'EST LE DÉLIRE
REISER

LE CHANTAGE
À LA MODE CET ÉTÉ
SI TU MONTRES TES SEINS, JE MONTRE MES COUILLES

ON VOIT TES COUILLES
COMME ÇA AUSSI, ON LES VOIT
?

REISER

PITIÉ NETTOYEZ-MOI...
ATTENDS, JE VAIS TE PISSER DESSUS

L'OISEAU DE LA FAMILLE

DANS LA SALLE DE BAINS
LES MURS EN ONT PRIS UN COUP AUSSI...
QUEL BOULOT POUR NETTOYER TOUT ÇA!
FAUT ENLEVER LE PLUS GROS AVEC UN COUTEAU
TU PEUX TROUVER AUTRE CHOSE QUE LES SERVIETTES POUR L'ESSUYER!
ARRÊTE DE TE DÉBATTRE, BÉBÊTE, C'EST POUR TON BIEN
NORMAL QU'IL SE DÉBATTE, CES BÊTES-LÀ PRÉFÈRENT L'EAU FROIDE
ÇA MOUSSE, TON TRUC, DIS DONC...
EH BIEN, ON A RÉUSSI À LE NETTOYER, NOTRE OISEAU!
À NOTRE TOUR, À PRÉSENT
VOUS VENEZ À TABLE, OUI?
C'EST UNE GRANDE VICTOIRE ÉCOLOGIQUE
À TA SANTÉ, ALFRED!
TU MANGES PAS TES SARDINES À L'HUILE?
AAAAH, MAGNIFIQUE!
ÇA NOUS A DONNÉ FAIM!

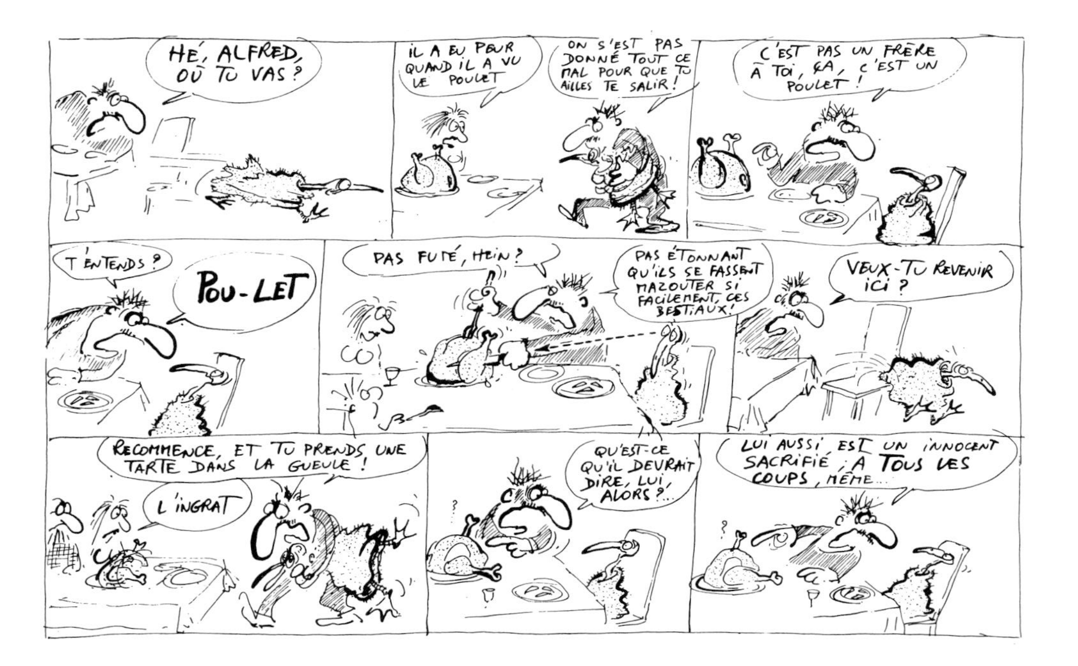

HÉ, ALFRED, OÙ TU VAS ?
IL A EU PEUR QUAND IL A VU LE POULET
ON S'EST PAS DONNÉ TOUT CE MAL POUR QUE TU AILLES TE SALIR !
C'EST PAS UN FRÈRE À TOI, ÇA, C'EST UN POULET !
T'ENTENDS ?
POU-LET
PAS FUTÉ, HEIN ?
PAS ÉTONNANT QU'ILS SE FASSENT MAZOUTER SI FACILEMENT, CES BESTIAUX !
VEUX-TU REVENIR ICI ?
RECOMMENCE, ET TU PRENDS UNE TARTE DANS LA GUEULE !
L'INGRAT
QU'EST-CE QU'IL DEVRAIT DIRE, LUI, ALORS ?..
LUI AUSSI EST UN INNOCENT SACRIFIÉ ; À TOUS LES COUPS, MÊME...

ET PERSONNE, PERSONNE N'A PITIÉ DE LUI !
ÉLEVÉ À LA FARINE DE MAÏS, IL N'A JAMAIS FAIT DE MAL À UN VER DE TERRE !
PAS COMME TOI, QUI AS DÉVORÉ DES MILLIERS DE PETITS POISSONS
MÉRITE DES BAFFES, CE PETIT CON
AÏE !
PETIT SALAUD !
HEURK
ÂRRRK
IL A DÉGUEULÉ LE PÉTROLE QU'IL AVAIT DANS L'ESTOMAC SUR NOTRE POULET !
VOILÀ COMMENT ON EST REMERCIÉ DU MAL QU'ON SE DONNE !
REISER

environnement :
PLUS D'INSECTES
PLUS D'OISEAUX
PLUS DE POISSONS...
ET TOUJOURS DES CONS !

TOUT CE PETROLE SOUS MES PIEDS ET ÊTRE OBLIGÉ DE PEDALER

VOTEZ ECOLOGIQUE

LES AVENTURES D'OLAF

DÉLIVREZ-NOUS DU MAL...
ET CES GRANDS POILS PARTOUT... JUSQUE SUR LES JOUES
QUELLE HORREUR...
JE TE BAPTISE AU NOM DU PÈRE, DU FILS...
DES TRUCS COMME ÇA VOUS RÉCONCILIENT AVEC LE CÉLIBAT
UNE BONNE GICLÉE D'EAU FROIDE LÀ-DESSUS
MERCI, MON PÈRE !...
PAR LES TEMPS QUI COURENT, FAUT PAS ÊTRE DIFFICILE SUR LE RECRUTEMENT
DU FOND DU CŒUR, POUR AVOIR BAPTISÉ NOTRE BÉBÉ PHOQUE
AH, PARCE QUE C'ÉTAIT UN...
NOUS L'AVONS SAUVÉ DES BRUTES QUI ONT TUÉ DES MILLIERS DE SES FRÈRES...
NOUS NOUS SOMMES DIT : AVEC DES YEUX AUSSI TENDRES, AUSSI INTELLIGENTS...
POURQUOI AURAIT-IL MOINS DROIT AU BAPTÊME QUE SES BOURREAUX ?...
ET MOI, JE ME DISAIS : C'EST BIZARRE IL NE GUEULE PAS QUAND ON LUI BALANCE DE L'EAU GLACÉE SUR LA GUEULE...
REISER

CUL BÉNI

JE VEUX FAIRE PARTIE DE VOTRE ORGANISATION!
JE VOUS AIME!
JE VEUX AVOIR UNE BELLE ROBE COMME LA VÔTRE!...
CRRRRR
JAUNE!
JE VEUX VOUS AIDER À PORTER LA BONNE PAROLE!
EMBRASSEZ-MOI!

JE VEUX ADORER CHRIS-CRAFT
KRISHNA!
JE VEUX ALLER AU PARADIS... AVEC VOUS!
CRRRR
JE VEUX ADORER CHRIS-CRAFT!
KRISHNA!
JE VEUX AVOIR LE CRÂNE RASÉ COMME VOUS!...
JE VEUX QU'ON ME LAVE LE CERVEAU!
CRRRR
JE VEUX QU'ON ME LAVE LE CERVEAU!
JE VEUX FAIRE DES SACRIFICES RITUELS!
JE VEUX MANGER DE LA CHAIR HUMAINE...
OUÂÂÂ
REISER

LE RECORD DE DESCENTE SOUS TERRE VIENT D'ÊTRE BATTU : MOINS 1270m PAR DES SPÉLÉOLOGUES TARBAIS À LA PIERRE ST MARTIN.
LES SPÉLÉOLOGUES SONT LES SPORTIFS QUI EMMERDENT LE MOINS DE MONDE. PAS DE SUPPORTERS BEUGLANTS, LES VICTOIRES SE FÊTENT SANS QUE RIEN N'Y PARAISSE EN SURFACE.
LA SPÉLÉOLOGIE EST UN SPORT DOUBLEMENT DANGEREUX, TOUS LES RISQUES DE LA MONTAGNE ET DE LA PLONGÉE RÉUNIS.
STALACTITE À BABORD!
STALACTITE, C'EST EN HAUT OU EN BAS?
BABORD, C'EST À GAUCHE OU À DROITE?
PCHHIIIIIIII
AH MERDE!
ET EN PLUS ILS FONT DU CANOE GONFLABLE AU MILIEU DE PLEIN DE TRUCS POINTUS.
USINE PARTICIPANT À LA LUTTE ANTIPOLLUTION
COMMUNE PROPRE
FAUT PAS CROIRE POUR AUTANT QU'ON LES ACCUEILLE BIEN PARTOUT...
PAS SI PROPRE QUE ÇA VOTRE COMMUNE

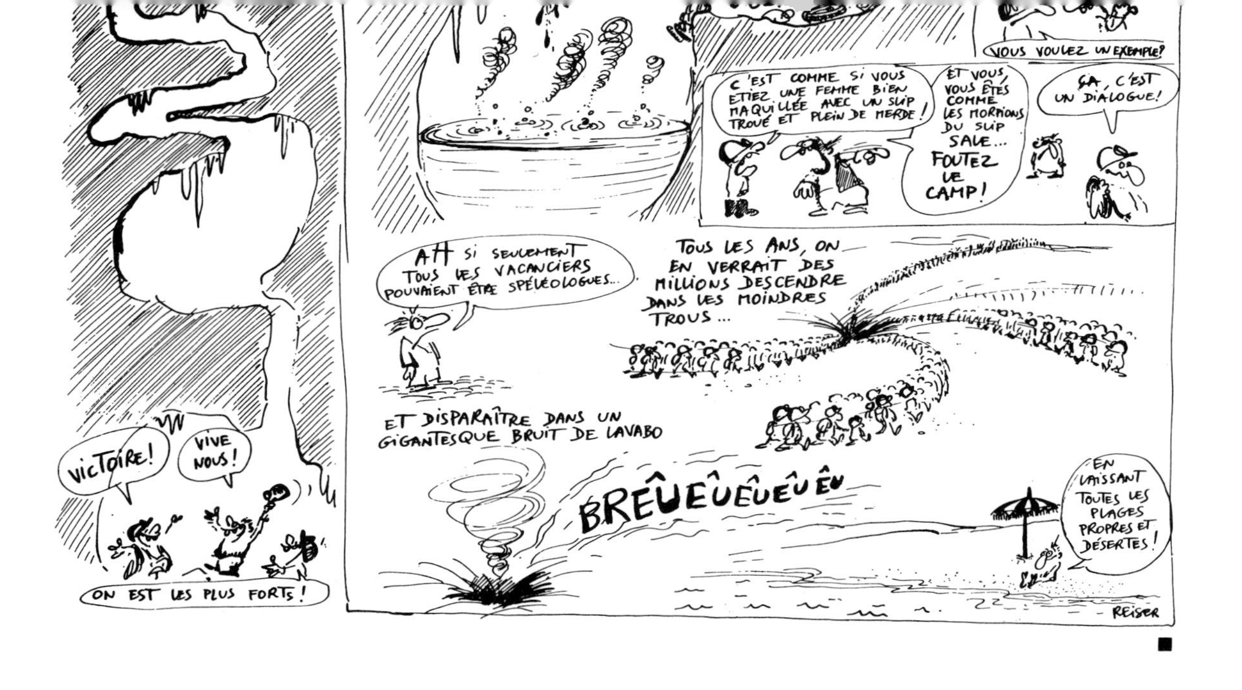
VICTOIRE!
VIVE NOUS!
ON EST LES PLUS FORTS!
VOUS VOULEZ UN EXEMPLE?
C'EST COMME SI VOUS ETIEZ UNE FEMME BIEN MAQUILLÉE AVEC UN SLIP TROUÉ ET PLEIN DE MERDE!
ET VOUS, VOUS ÊTES COMME LES MORPIONS DU SLIP SALE... FOUTEZ LE CAMP!
ÇA, C'EST UN DIALOGUE!
AH SI SEULEMENT TOUS LES VACANCIERS POUVAIENT ÊTRE SPÉLÉOLOGUES...
TOUS LES ANS, ON EN VERRAIT DES MILLIONS DESCENDRE DANS LES MOINDRES TROUS...
ET DISPARAÎTRE DANS UN GIGANTESQUE BRUIT DE LAVABO
BREÛEÛEÛEÛEÛEÛEN
EN LAISSANT TOUTES LES PLAGES PROPRES ET DÉSERTES!
REISER

LE SHAH D'IRAN EST DEVENU ATHÉE ENRAGÉ
FAUT PLUS ME PARLER DE RELIGION!

LE PAPE AUX INDIENS :
VOUS AVEZ DROIT À L'HONNEUR, À LA DIGNITÉ, AU RESPECT ET AU DÉVELOPPEMENT
POURQUOI HOMME BLANC TOUJOURS SE FOUTRE DE NOTRE GUEULE ?

AIR CRA CRA
LAKER AIRWAYS ET TIA VONT PROPOSER À LA RENTRÉE DES PONTS AÉRIENS ENTRE
LES ÉTATS-UNIS ET LONDRES OU BRUXELLES À DES TARIFS DE 1200 FRANCS ALLER ET RETOUR
MOINS CHER QUE LE TRAIN EN DEUXIÈME CLASSE !...
PAS DE MYSTÈRE !
QUAND UN AVION MODERNE, GROS PORTEUR EST PLEIN...
HAUTE DENSITÉ
SA CONSOMMATION EST DE TROIS LITRES AUX 100 KM, PAR PASSAGER !
MOINS QU'UNE 2CV
NEW YORK – LONDRES 10 000 KM 300 LITRES DE PÉTROLE PAR PASSAGER
COMPTE TENU DE L'INVESTISSEMENT TECHNIQUE...
700 FRANCS DE BÉNEF PAR PASSAGER
L'IDÉE N'EST PAS CON
UNE COMPAGNIE AÉRIENNE A DE GROS FRAIS D'EXPLOITATION
• RÉSERVATIONS
• AGENCES
• PRESTATIONS À BORD
• PUBLICITÉ
BEN, LÀ, JUSTEMENT, Y'EN AURA PAS !
PAS DE RÉSERVATIONS
MONTERONT DANS L'AVION CEUX QUI ARRIVERONT
DÉSOLÉ
LES AUTRES ATTENDRONT LE PROCHAIN.
À CE PRIX-LÀ, ON N'A PAS LE DROIT DE RÂLER
PLUS DE PLATEAU REPAS...
MAIS ÇA NE SERA PAS UNE GROSSE PERTE

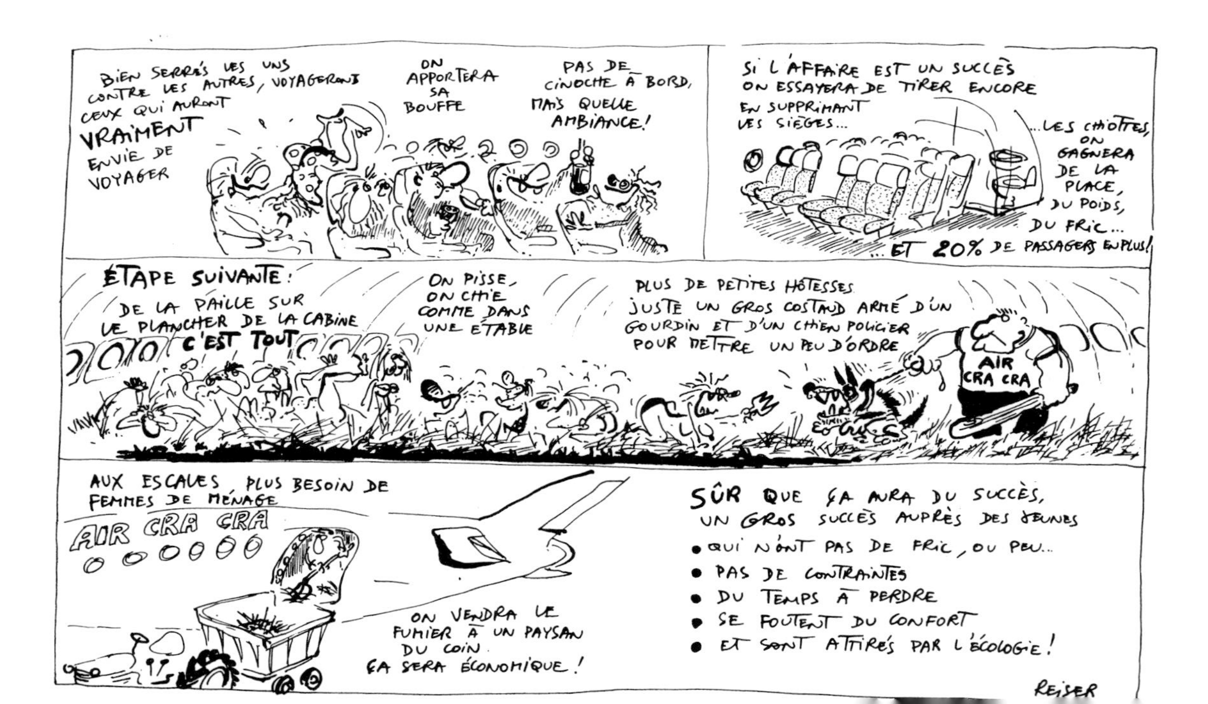

BIEN SERRÉS LES UNS CONTRE LES AUTRES, VOYAGERONT CEUX QUI AURONT VRAIMENT ENVIE DE VOYAGER
ON APPORTERA SA BOUFFE
PAS DE CINOCHE À BORD, MAIS QUELLE AMBIANCE !
SI L'AFFAIRE EST UN SUCCÈS ON ESSAYERA DE TIRER ENCORE EN SUPPRIMANT LES SIÈGES...
...LES CHIOTTES, ON GAGNERA DE LA PLACE, DU POIDS, DU FRIC...
... ET 20% DE PASSAGERS EN PLUS !
ÉTAPE SUIVANTE :
DE LA PAILLE SUR LE PLANCHER DE LA CABINE C'EST TOUT
ON PISSE, ON CHIE COMME DANS UNE ÉTABLE
PLUS DE PETITES HÔTESSES JUSTE UN GROS COSTAUD ARMÉ D'UN GOURDIN ET D'UN CHIEN POLICIER POUR METTRE UN PEU D'ORDRE
AIR CRA CRA
AUX ESCALES PLUS BESOIN DE FEMMES DE MÉNAGE
AIR CRA CRA
ON VENDRA LE FUMIER À UN PAYSAN DU COIN ÇA SERA ÉCONOMIQUE !
SÛR QUE ÇA AURA DU SUCCÈS, UN GROS SUCCÈS AUPRÈS DES JEUNES
• QUI N'ONT PAS DE FRIC, OU PEU...
• PAS DE CONTRAINTES
• DU TEMPS À PERDRE
• SE FOUTENT DU CONFORT
• ET SONT ATTIRÉS PAR L'ÉCOLOGIE !
REISER

PAPOUILLES

ON FOUILLE PARTOUT, MAINTENANT
AUX FRONTIÈRES
DANS LES AÉROPORTS
À LA SORTIE DES SUPER-MARCHÉS
VOIRE MÊME À LA FNAC
AVANT D'ENTRER DANS UN PUB ANGLAIS
AVANT D'ENTRER DANS UN TRIBUNAL ITALIEN
APRÈS L'ÂGE DES CAVERNES, L'ÂGE DU BRONZE, L'ÂGE DU FER, L'ÂGE DU PÉTROLE, L'ÂGE DES PAPOUILLES!
SI VOUS CROYEZ QUE ÇA NOUS FAIT PLAISIR
ÇA!... POUR LA PREMIÈRE FOIS DANS L'HISTOIRE DE L'HUMANITÉ, LES FLICS VONT AVOIR DES CALS AUX MAINS!

EXCUSEZ-MOI... L'AÉROPORT, C'EST BIEN ICI ?
AÉROPORT
MINES
ÇA SE VOIT, NON ?

IL Y A ENCORE DES CONS POUR IMAGINER L'AÉROPORT DE L'AN 2000 COMME ÇA...
UNE SEULE SOLUTION POUR ÉVITER LE TERRORISME DANS LES AVIONS : FAIRE VOYAGER TOUT LE MONDE SANS BAGAGE, ET À POIL !
BONJOUR, MONSIEUR !
BONJOUR, MADEMOISELLE !

BONJOUR, MONSIEUR!
FAUDRA TOUJOURS FOUILLER
ET POUR FOUILLER, FAUT DES FLICS
TRANSPORTERIEZ PAS UN BAZOOKA, VOUS ?
ET C'EST PAS EN MULTIPLIANT LES POLICIERS QU'ON ARRANGERA LES CHOSES.
MOI ? NON, POURQUOI ?
PLUS LES POLICIERS SONT NOMBREUX, PLUS ILS SONT MAUVAIS.
ON DEVRAIT LA LUI TÂTER POUR VOIR SI...
BEN, VAS-Y, TOI !
PLUS ILS SONT MAUVAIS, PLUS ILS SONT INDISCIPLINÉS.
C'EST À TOI D'Y ALLER !
JE REGRETTE
C'EST TOI LE PLUS GRADÉ

PLUS ILS SONT INDISCIPLINÉS, PLUS ILS DISCUTENT
EH BIEN, JE TE DONNE UN ORDRE ! VA LA LUI TÂTER !
JE NE SUIS PAS ICI POUR TÂTER LA QUEUE DES TERRORISTES !
PLUS ILS DISCUTENT, PLUS ILS SONT AIGRIS...
BON... BEN... S'IL Y A UN ATTENTAT, CE SERA DE TA FAUTE
POUR CE QUE JE SUIS PAYÉ
ALORS, QU'EST-CE QUE JE FAIS, MOI ?
SI TU NE VEUX PAS TÂTER À LA MAIN, TÂTE AU MOINS À COUPS DE PIED
ÇA, JE VEUX BIEN
OUAILLE !
PLUS ILS SONT AIGRIS, PLUS ILS SONT MÉCHANTS
ON N'A PAS FINI D'EN BAVER
REISER

L'AVION C'EST DANGEREUX
LA BAGNOLE AUSSI
LE VELO C'EST FATIGANT
VOYAGEZ EN KANGOUROU

L'ŒUF DUR AUX ANTILLES
C'EST BIEN, MAINTENANT. DANS LES AVIONS CHARTER ON EMPORTE SON CASSE-CROÛTE.
FINI, LES PLATEAUX-REPAS
C'EST MARRANT, ÇA ME RAPPELLE 36.
LES PREMIERS TRAINS DE CONGÉS PAYÉS.
BOURRÉS... COMME CE CHARTER...
SANS POUVOIR BOUGER.
TIENS, VOUS AUSSI, VOUS AVEZ EMPORTÉ DES ŒUFS DURS?
AH C'EST MARRANT!
EN 36 AUSSI Y'AVAIT DES ŒUFS DURS!
DÉCIDÉMENT, LES PROLOS N'Y ÉCHAPPERONT JAMAIS, AUX ŒUFS DURS, JAMAIS!
PENDANT UN MOMENT, ON AURAIT CRU...
QUE LES PROLOS, EN ÉCONOMISANT SUR LEURS MAIGRES SALAIRES POURRAIENT S'OFFRIR DES VOYAGES DE LUXE
EN AVION... CHOUCHOUTÉS PAR DES HÔTESSES DE RÊVE, LEUR APPORTANT DES PLATS SUCCULENTS
HI HI HI
ÇA N'A PAS DURÉ LONGTEMPS.
LES ŒUFS DURS SONT REVENUS AU GALOP!...

ET PUIS ILS SONT LÀ POUR UN MOMENT, JE CROIS BIEN
ENFIN... ON FAIT DE BEAUX VOYAGES...
MOI, C'EST LA MUNICIPALITÉ QUI M'ENVOIE AUX ANTILLES.
VOUS EN AVEZ DE LA CHANCE...
OUI, C'EST LA MODE D'EXPÉDIER LE 3e ÂGE AUX QUATRE COINS DU GLOBE,
LA FATIGUE, LE CHANGEMENT DE CLIMAT, LE DÉCALAGE HORAIRE, RIEN DE TEL POUR VOUS DÉMOLIR UN VIEUX...
PAS CON, COMME CALCUL... ... UN INVESTISSEMENT DE 1200 F ALLER-RETOUR...
... A TOUTES LES CHANCES DE LAISSER AUX CAISSES DIX OU QUINZE ANS DE RETRAITE!..
REISER

JE REVIENS DU CLUB MÉDITERRANÉE
ON M'A PIQUÉ MON FRIC, MES PAPIERS, J'AI ÉTÉ BRÛLÉ,
J'AI FAILLI CREVER DE SOIF
MAIS J'AI BIEN BAISÉ

COMME CHAQUE ANNÉE, ON VA ENCORE NOUS REPROCHER DE MAL ACCUEILLIR LES TOURISTES
BEN MERDE ALORS !
ON DEVRAIT TOUJOURS MAL ACCUEILLIR LES TOURISTES !
CE SERAIT UNE ŒUVRE DE HAUTE CIVILISATION
BIENVENUE !
WELCOME !
GLÜCKLICHE ANKUNFT !
UN PAYS QUI ACCUEILLE BIEN LES TOURISTES EST UN PAYS DE LÂCHES
OU DE SOURNOIS...

LES TOURISTES AVEC LES AIR NIAIS, LEURS GRANDES DENTS ET LEURS GROS CULS...
POLLUENT ET DETRUISENT PLUS QUE N'IMPORTE QUEL PRODUIT CHIMIQUE
RESTAURANT POUR TOURISTES : RESTAURANT OÙ ON BOUFFE MAL ET CHER.
SPECTACLE POUR TOURISTES : SPECTACLE DÉBILE
PLAGE TOURISTIQUE : PLAGE DÉGUEULASSE etc... etc...
EST-CE QU'ON A BESOIN D'ARRIVER DANS UN PAYS DÉGUISÉ EN TOURISTE ?
ON NE PEUT PAS ARRIVER PARTOUT AVEC LES MAINS DANS LES POCHES ?...
LE NEZ AU VENT, TRAÎNER DANS LES RUES COMME ON FAIT CHEZ SOI ?
LES SEULS TOURISTES CONVENABLES, C'EST LES COUPLES ILLÉGITIMES
ON LES RENIFLE À 100 MÈTRES
ILS ARRIVENT PAR DES MOYENS DE TRANSPORT DIFFÉRENTS
POUR PAS ÉVEILLER LES SOUPÇONS... GROS MALINS...

RASENT LES MURS DISCRÈTEMENT, SANS FAIRE DE BRUIT
HOTEL
ET S'ENFERMENT TROIS JOURS DANS LEUR HOTEL, BOUFFENT DANS LEUR CHAMBRE
ON NE LES VOIT JAMAIS ENCOMBRER L'ESPACE
VONT FAIRE UN PEU DE CINÉMA SUR LA PLAGE, HISTOIRE DE SE FABRIQUER DES SOUVENIRS...
ET REPARTENT TOUT AUSSI DISCRÈTEMENT
AVEC JUSTE LE PETIT COUP DE GUEULE DE RIGUEUR...

TU PARLES DU DIVORCE À TA FEMME?
HEU... OUI... APRÈS LES VACANCES
APRÈS LES VACANCES, APRÈS LES VACANCES, ÇA FAIT DEUX ANS QUE TU DIS ÇA!
HI HI
SI SEULEMENT IL NE POUVAIT VENIR QUE DES COUPLES ILLÉGITIMES DANS CE PAYS...
RÉSIDENCE DU MIRAMAR
STUDIOS 2 P. 3 P.
ON N'AURAIT PAS DE CES RÉSIDENCES DÉGUEULASSES,
DE CES MARINAS DE MERDE!
RIEN QUE QUELQUES PETITS HOTELS
PAS DE MARCHANDS DE SOUVENIRS
VOUS AVEZ DÉJÀ VU DES COUPLES ILLÉGITIMES ACHETER DES PHARES BAROMÈTRES?

VOUS AVEZ DEJÀ VU DES COUPLES ILLÉGITIMES SE BALADER AVEC DES TRUCS COMME ÇA SUR UNE PLAGE?
ET LES RESTAURANTS NE SE LAISSERAIENT PAS ALLER...
IL EST BIEN CONNU QU'APRÈS LES PARTIES DE JAMBES EN L'AIR...
ON AIME LES CHOSES SUCCULENTES ET DÉLICATES
REISER

VIVE LA TRUFFE !

L'OMELETTE AUX TRUFFES : LE SEUL METS GASTRONOMIQUE QUI NE FASSE PAS TUER OU TORTURER DES PETITES BÊTES...
ON PEUT S'EMPIFFRER SANS REMORDS
LA TRUFFE !... QUEL PARFUM ! QUEL ARÔME !
ET ELLE N'EMMERDE PERSONNE POUR SA CULTURE... ELLE RESTE SAUVAGE...
ÇA DOIT ÊTRE MARRANT, LA CHASSE AUX TRUFFES...
CAHORS
PARAÎT QU'ON FAIT ÇA AVEC DES CHIENS, MAINTENANT...
IMAGINEZ UN INSTANT L'EXISTENCE D'UN CABOT À PARTIR DU MOMENT OÙ IL A TROUVÉ UNE TRUFFE...

▼

SNIF
MAIS ?!... C'EST UNE TRUFFE !
MAMAN ! BALTHAZAR A TROUVÉ UNE TRUFFE !
ON... ON A UN CHIEN TRUFFIER !...
CE BÂTARD VAUT UNE FORTUNE !
VA FALLOIR LE NOURRIR COMME IL FAUT !
FINI LES SOUPES AU PAIN.
PLUS QUESTION QU'IL DORME DEHORS... DES FOIS QU'IL S'ENRHUME...
AU LIT !
C'EST PAS VRAI ?...
...ÇA LUI GÂTERAIT LE NEZ !
ARRÊTE DE PÉTER AU LIT, ÇA AUSSI VA LUI GÂTER L'ODORAT !...
BON BON
HI HI
ET ENCORE PLUS FORMIDABLE...
LA TRUFFE FAIT REBOISER LA FRANCE !...
TOUS LES LOUSTICS QUI PLANTENT DARE-DARE DES CHÊNES...

MAINTENANT QU'ON A UN CHIEN TRUFFIER, FAUT QU'ON AIT UNE TRUFFIÈRE!...
JE VAIS ACHETER QUELQUES HECTARES DE CAUSSES, J'Y PLANTERAI DES CHÊNES...
ET DANS DIX ANS... LA FORTUNE AUX PIEDS!
MÊME S'IL N'Y A PAS DE TRUFFES, IL RESTERA TOUJOURS LES CHÊNES
C'EST BATH UN CHÊNE!
UN CHÊNE, ÇA DONNE DES GLANDS, SOUS LES CHÊNES, ON POURRA ÉLEVER DES COCHONS QUI MANGERONT LES GLANDS.
NOURRITURE GRATUITE!
ON VA SE FAIRE UN FRIC!...
M'EN FOUS DES COCHONS, JE SUIS VÉGÉTARIEN!
TIENS! AU FAIT... POURQUOI Y'A JAMAIS DE TRUFFES DANS LES RESTAURANTS VÉGÉTARIENS?...
ON S'Y ENNUIE À RUMINER DES TRUCS SECS ET FADASSES.

ALORS QUE S'IL Y AVAIT DES SALADES AUX TRUFFES, DES CHAMPIGNONS À L'AIL, DES LÉGUMES MIJOTÉS DES SOUPES COMME ON N'EN FAIT PLUS...
ET DU BON PETIT PINARD PAS TRAFIQUÉ...
Y AURAIT DU MONDE DANS LEURS RESTOS...
VIVE LES TRUFFES!
GRÂCE À ELLES, LA FRANCE REPEUPLÉE EN CHÊNES, LES CHIENS HEUREUX, LA NATURE PRÉSERVÉE, ON TUE MOINS DE PETITES BÊTES...
ET ENCORE PLUS FORMIDABLE QUE TOUT ÇA...
LA TRUFFE EST APHRODISIAQUE!...
EN PLUS?
ALORS LÀ, VRAIMENT...
C'EST D'AILLEURS POURQUOI, AU DÉPART, C'ÉTAIT DES TRUIES SUIVIES DE VERRATS QUI LES CHERCHAIENT
TIENS?
HMMM
JE BANDE!
MAMAN! PAPA! GERTRUDE A TROUVÉ UNE TRUFFE!
REISER

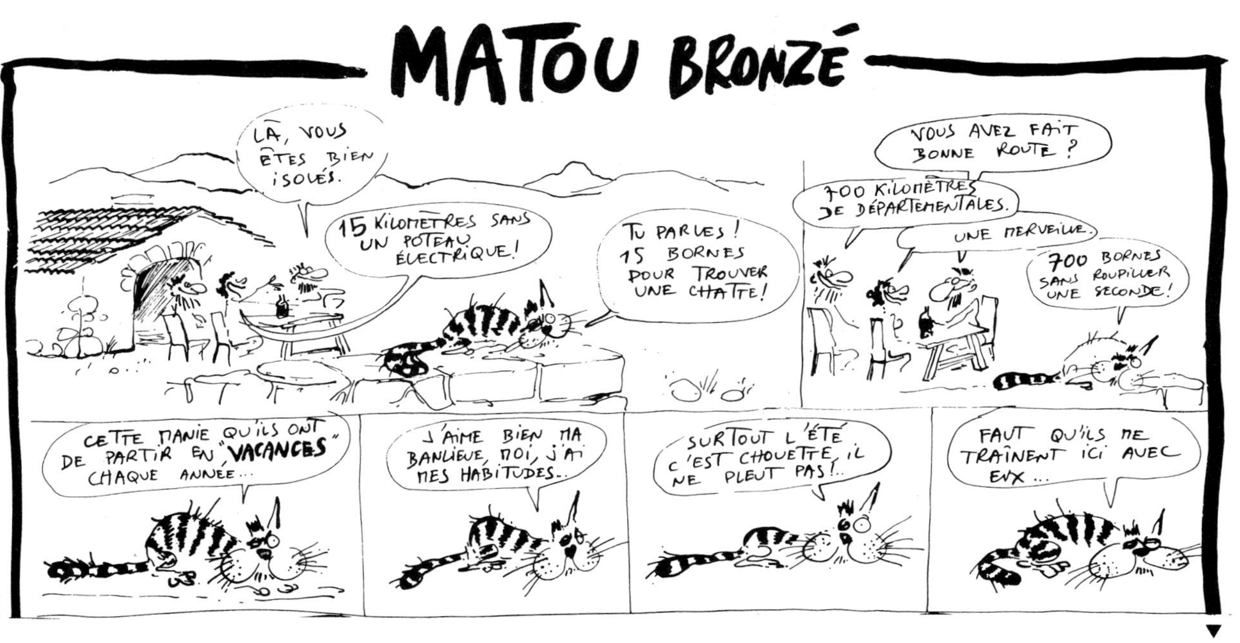
MATOU BRONZÉ
LÀ, VOUS ÊTES BIEN ISOLÉS.
15 KILOMÈTRES SANS UN POTEAU ÉLECTRIQUE !
TU PARLES ! 15 BORNES POUR TROUVER UNE CHATTE !
VOUS AVEZ FAIT BONNE ROUTE ?
700 KILOMÈTRES DE DÉPARTEMENTALES.
UNE MERVEILLE.
700 BORNES SANS ROUPILLER UNE SECONDE !
CETTE MANIE QU'ILS ONT DE PARTIR EN "VACANCES" CHAQUE ANNÉE...
J'AIME BIEN MA BANLIEUE, MOI, J'AI MES HABITUDES...
SURTOUT L'ÉTÉ C'EST CHOUETTE, IL NE PLEUT PAS !...
FAUT QU'ILS ME TRAÎNENT ICI AVEC EUX...

15 BORNES POUR TROUVER UNE CHATTE !
PAS LE COURAGE...
SUIS TROP VIEUX.
QU'EST-CE QUE JE M'EMMERDE !...
JE NE VAIS QUAND MÊME PAS ME FARCIR UN HÉRISSON...
HI HI
TU VIENS, BEAU PARISIEN ?
QU'EST-CE QUI TE FERAIT PLAISIR ?
UNE BRUNE PIQUANTE ?
PÉCORE !
UNE BLONDE ACÉRÉE ?...
CUL-TERREUX !
JE ME TAPERAIS BIEN UNE PETITE BRANLETTE...
MAIS, AVEC MES GRIFFES RÉTRACTABLES, C'EST PAS MARRANT.
AU DÉBUT, C'EST AGRÉABLE...

MAIS DÈS QU'ARRIVE L'ORGASME, JE NE CONTRÔLE PLUS MES NERFS...
ME GRIFFES SORTENT, ME RENTRENT DANS LA QUEUE !...
ET NOUS QU'EST-CE QU'ON SE MARRE !
PIQUÉ POUR PIQUÉ, AUTANT SE TAPER UN HÉRISSON, PAS VRAI ?
Y'AURAIT BEAUCOUP À DIRE SUR LA MISÈRE SEXUELLE DES VIEUX MATOUS EN VACANCES !
REISER

SALON DE L'AGRICULTURE
PRESENTATION DU PLUS GROS CHARANÇON DU MONDE : IL MANGE 12 KILOS DE BLÉ PENDANT LES 12 COUPS DE MINUIT
SANS BOIRE...

LA CAMPAGNE MANQUE DE VÉTERINAIRES
PAS ÉTONNANT...
VIE D'UN VÉTÉRINAIRE À LA CAMPAGNE
ALLÔ... LE VÉTÉRINAIRE?
OUI
BEN... ON S'EXCUSE DE VOUS RÉVEILLER EN PLEINE NUIT, MAIS GERTRUDE VEUT VÊLER ET ÇA SE PASSE MAL...
ET VOUS VOULEZ QUE JE PASSE?
BE... ÇA SERAIT PAS DE REFUS
J'ARRIVE
KLING
IL EST BEN GENTIL, CE PETIT VÉTÉRINAIRE
IL CONNAÎT SA PARTIE?
JE NE SAIS PAS TROP, MAIS IL EST BEN GENTIL...
MHEUEEU!..

FLACHTCH
C'EST PAS GRAVE, C'EST LE MÉTIER QUI RENTRE...
C'EST POUR NOT' ÉTALON...
JE NE SAIS PAS CE QU'IL A, MAIS IL EST NERVEUX
HIHIHI
C'EST LE MÉTIER QUI RENTRE!
ALLÔ ? LE VÉTÉRINAIRE? J'AIMERAIS BIEN QUE VOUS VENIEZ FAIRE UN TOUR VERS MES RUCHES, Y'A UN TRUC BIZARRE CHEZ MES ABEILLES.
OH LA LA...
C'EST BEN SIMPLE Y Z'ONT TOUS LA CHIASSE!
BON, ON VA PRENDRE UN ÉCHANTILLON POUR ANALYSER...
PFLICHTCH

VIE D'UN VÉTÉRINAIRE DES VILLES

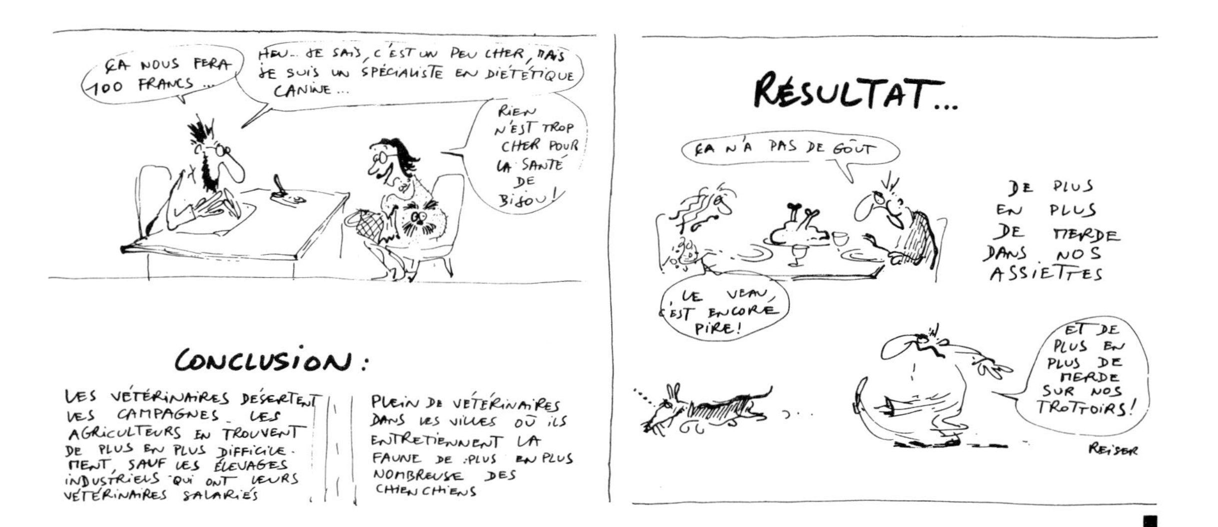
ÇA NOUS FERA 100 FRANCS...
HEU... JE SAIS, C'EST UN PEU CHER, MAIS JE SUIS UN SPÉCIALISTE EN DIÉTÉTIQUE CANINE...
RIEN N'EST TROP CHER POUR LA SANTÉ DE BIJOU!
CONCLUSION :
LES VÉTÉRINAIRES DÉSERTENT LES CAMPAGNES. LES AGRICULTEURS EN TROUVENT DE PLUS EN PLUS DIFFICILEMENT, SAUF LES ÉLEVAGES INDUSTRIELS QUI ONT LEURS VÉTÉRINAIRES SALARIÉS
PLEIN DE VÉTÉRINAIRES DANS LES VILLES OÙ ILS ENTRETIENNENT LA FAUNE DE PLUS EN PLUS NOMBREUSE DES CHIENCHIENS
RÉSULTAT...
ÇA N'A PAS DE GOÛT
LE VEAU, C'EST ENCORE PIRE!
DE PLUS EN PLUS DE MERDE DANS NOS ASSIETTES
ET DE PLUS EN PLUS DE MERDE SUR NOS TROTTOIRS!
REISER

SCANDALE PRIX BRIDE ABATTUE
QUAND JE PENSE QUE TON JOCKEY EST EN PRISON ET TOI, AVEC LA GUEULE QUE T'AS, TÉS EN LIBERTÉ !

LES POILS

QU'EST-CE QUE C'EST QUE CETTE PLAISANTERIE ?
C'EST PAS UNE PLAISANTERIE, C'EST UN CONTAINER À SKIS !
UN CONTAINER À SKIS ?
ÉTUDIÉ SCIENTIFIQUEMENT POUR OFFRIR LE MOINS DE RÉSISTANCE POSSIBLE À L'AIR
ET LES POILS ?
N'AURIEZ PAS PU LUI DONNER UNE AUTRE FORME, NON ? ..
DES GENS QUI VOUS ONT DOUBLÉS SE SONT PLAINTS !
HÉ HÉ
ÇA FAIT DÉGUEULASSE.
LES GENS QUI NOUS ONT DOUBLÉS ROULAIENT À PLUS DE 90 ET VOUS NE LEUR AVEZ RIEN DIT !
SURTOUT QUAND Y'A DES ENFANTS !
N'EMPÊCHE QUE VOTRE "ENGIN", IL POURRAIT AVOIR UNE AUTRE FORME !

PLEINS DE POILS!
JUSQU'ICI, ENCORE ÇA VA! MAIS C'EST LES DEUX GROS TRUCS RONDS AU BOUT QUI GÈNENT
JE VOUS L'AI DIT, LE CONTAINER A ÉTÉ ÉTUDIÉ SCIEN-TI-FI-QUEMENT
JE SAVAIS QUE CE TRUC NOUS AMÈNERAIT DES ENNUIS!
JE VAIS TOUT VOUS EXPLIQUER. VOUS ÊTES INTELLIGENT, VOUS ALLEZ COMPRENDRE!
LE CORPS PRINCIPAL SERT À LOGER LES SKIS, DEUX PAIRES Y TIENNENT À L'AISE
L'AVANT LIBÉRÉ
PEUT SE DÉCOMPOSER
EN DEUX PARTIES
FORMANT DEUX LUGES POUR LES ENFANTS

À NOTER QUE SI L'ON ENLÈVE QU'UNE LUGE ET APRÈS SUPRESSION DE LA CLOISON,
ON OBTIENT UN TRAÎNEAU DE SECOURS POUR BLESSÉ DE LA NEIGE QUI SERA À L'ABRI DU FROID
ET LES GROS TRUCS PLEINS DE POILS ?
J'Y ARRIVE
L'ENSEMBLE SE DÉTACHE DU TRONÇON CENTRAL
SE SÉPARE EN DEUX PARTIES ÉGALES
DANS CHACUNE DESQUELLES LOGE UNE PAIRE DE CHAUSSURES DE SKI

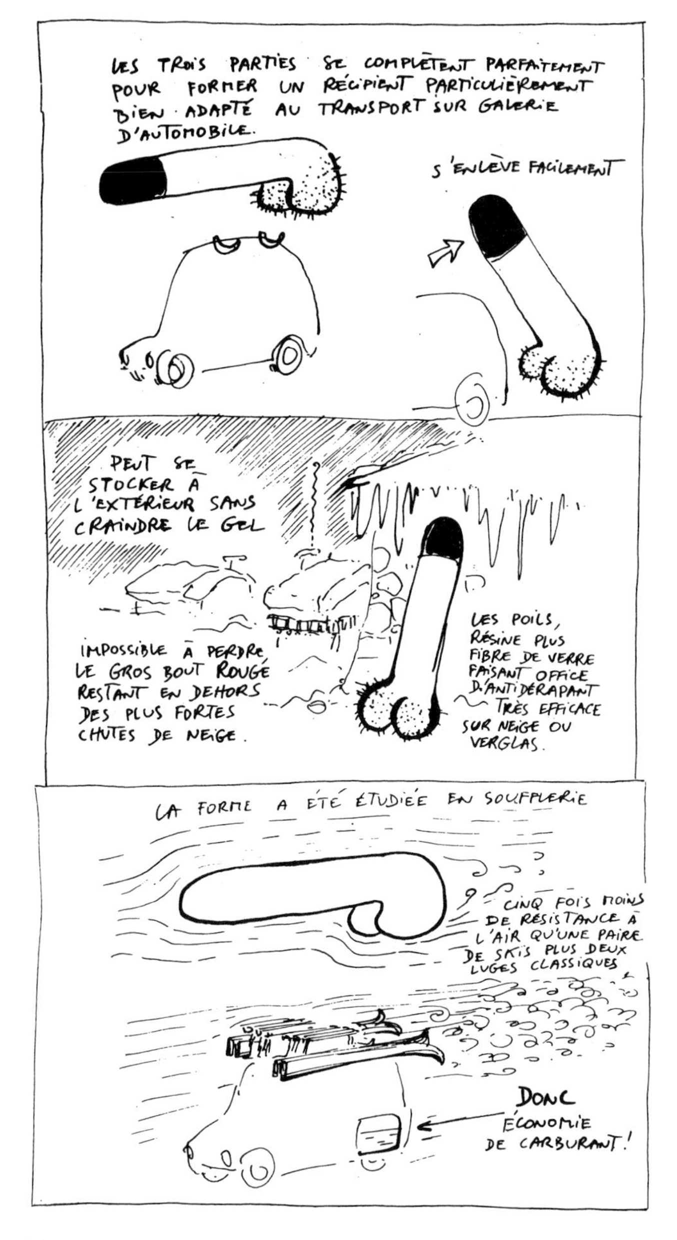
LES TROIS PARTIES SE COMPLÈTENT PARFAITEMENT POUR FORMER UN RÉCIPIENT PARTICULIÈREMENT BIEN ADAPTÉ AU TRANSPORT SUR GALERIE D'AUTOMOBILE.
S'ENLÈVE FACILEMENT
PEUT SE STOCKER À L'EXTÉRIEUR SANS CRAINDRE LE GEL
IMPOSSIBLE À PERDRE, LE GROS BOUT ROUGE RESTANT EN DEHORS DES PLUS FORTES CHUTES DE NEIGE.
LES POILS, RÉSINE PLUS FIBRE DE VERRE FAISANT OFFICE D'ANTIDÉRAPANT TRÈS EFFICACE SUR NEIGE OU VERGLAS.
LA FORME A ÉTÉ ÉTUDIÉE EN SOUFFLERIE
CINQ FOIS MOINS DE RÉSISTANCE À L'AIR QU'UNE PAIRE DE SKIS PLUS DEUX LUGES CLASSIQUES
DONC
ÉCONOMIE DE CARBURANT!

J'AI FAIT LES CALCULS: SI TOUS LES SKIEURS UTILISAIENT MON INVENTION..
LE PAYS ÉCONOMISERAIT 5000 TONNES DE PÉTROLE PAR AN !
JE NE SUIS PAS CONVAINCU, POUR LES POILS
JE RECONNAIS... VOS EXPLICATIONS SONT PLAUSIBLES...
HI HI
D'UN AUTRE CÔTÉ, NOUS SOMMES DEVENUS TOLÉRANTS VIS-À-VIS DE... HEU...
MAIS LÀ...
ENFIN...
AVOUEZ QUE C'EST UN PEU GROS !
ON VEUT BIEN FERMER LES YEUX... PRENEZ DES PETITES ROUTES !
MOI, JE TROUVE QUE LES POILS NE SERVENT À RIEN !
LES POILS, ÇA SERT À FAIRE PARLER LES GENDARMES !
REISER

AU BOULOT!
ENCORE UNE PETITE MINUTE...
AU BOULOT!
JUSTE UNE PETITE MINUTE...
J'AI DIT: «AU BOULOT!»
HOOO QUOI...
SOYEZ PAS VACHE
À L'USINE!
JUSTE UN PETIT BAIN
NON, NON, NON ET NON!
LE DERNIER...
LE TEMPS DE PRENDRE LE BAIN, DE VOUS SÉCHER etc... ÇA VA PRENDRE UNE HEURE!

JE GARDERAI MON SLIP MOUILLE SUR MOI !
POUR ATTRAPER DU MAL ?
PAS QUESTION !
VOUS AVEZ ASSEZ MANQUÉ L'USINE POUR CAUSE DE MALADIE L'ANNÉE DERNIÈRE !
HOLÀ LÀ
... QUE JE CONTEMPLE LA MER, LA PLAGE, UNE DERNIÈRE FOIS...
FAUDRA QUE J'ATTENDE UN AN POUR REVOIR ÇA...
11 MOIS EXACTEMENT !
GLACES
ACES
OH, UNE GLACE !
UNE PETITE GLACE, LA DERNIÈRE DES VACANCES...
QUEL PARFUM ?
VOUS LA MANGEREZ EN MARCHANT !
HEU...
HEU...
VANILLE-CAFÉ !

ET MAINTENANT, À L'USINE !
CHAQUE ANNÉE, C'EST UN PEU PLUS DUR DE VOUS Y RAMENER !
VOUS ÊTES UN GRAND GARÇON, POURTANT ?
VOUS DEVRIEZ COMPRENDRE QUE DANS UNE SOCIÉTÉ ÉVOLUÉE...
IL FAUT TRAVAILLER !
SI L'ON VEUT SE PAYER UN PEU DE BON TEMPS EN VACANCES !
REISER

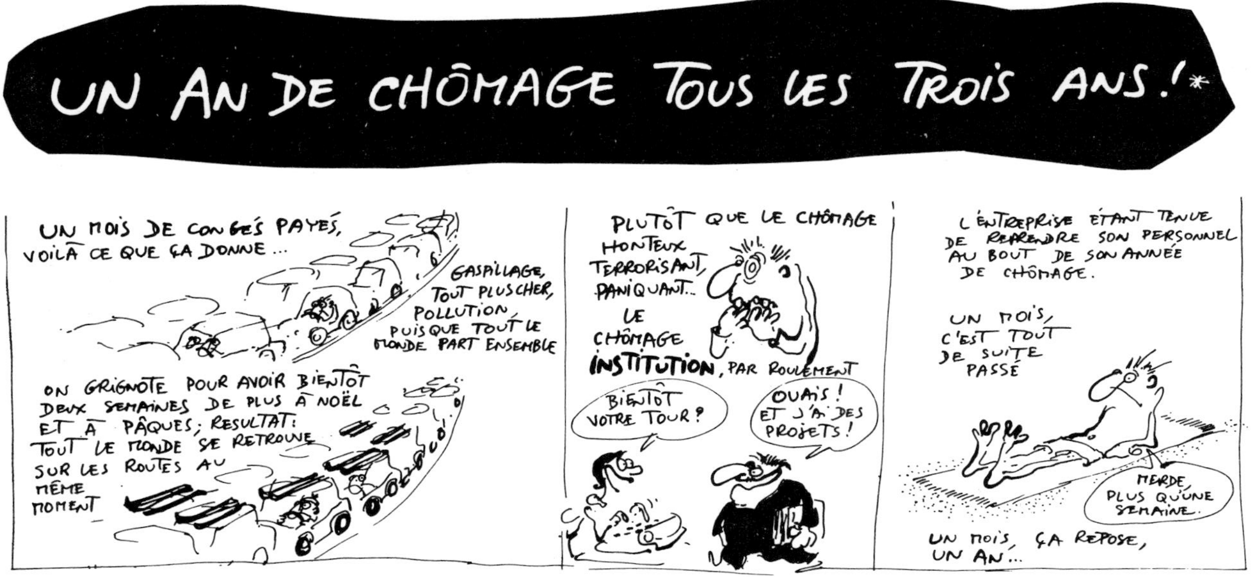

UN AN DE CHÔMAGE TOUS LES TROIS ANS !*

UN MOIS DE CONGÉS PAYÉS, VOILÀ CE QUE ÇA DONNE...

GASPILLAGE, TOUT PLUS CHER, POLLUTION, PUISQUE TOUT LE MONDE PART ENSEMBLE

ON GRIGNOTE POUR AVOIR BIENTÔT DEUX SEMAINES DE PLUS À NOËL ET À PÂQUES ; RESULTAT : TOUT LE MONDE SE RETROUVE SUR LES ROUTES AU MÊME MOMENT

PLUTÔT QUE LE CHÔMAGE HONTEUX TERRORISANT, PANIQUANT...

LE CHÔMAGE **INSTITUTION**, PAR ROULEMENT

BIENTÔT VOTRE TOUR ?

OUAIS ! ET J'AI DES PROJETS !

L'ENTREPRISE ÉTANT TENUE DE REPRENDRE SON PERSONNEL AU BOUT DE SON ANNÉE DE CHÔMAGE.

UN MOIS, C'EST TOUT DE SUITE PASSÉ

MERDE, PLUS QU'UNE SEMAINE.

UN MOIS, ÇA REPOSE, UN AN...

UN AN À VOIR DÉFILER LES SAISONS, PEINARD, ÇA VOUS REFAIT UNE SANTÉ
UN AN, ÇA PERMET D'APPRENDRE UN MÉTIER ET D'EN CHANGER
UN AN, LE TEMPS DE FAIRE UN GOSSE
LE TEMPS DE FAIRE UNE THÈSE « PSYCHANALYSE DES MILLE ET UNE NUITS ». TROIS ANS DE PRÉPARATION, UN AN DE RÉDACTION
LE TEMPS D'APPRENDRE UNE LANGUE ÉTRANGÈRE, etc...
LES PATRONS VONT HURLER...
EN 36 AUSSI, ILS PRÉTENDAIENT QUE L'ÉCONOMIE N'Y SURVIVRAIT PAS...
À L'ASSASSIN !
CHARGES SOCIALES ? PAS PLUS ÉLEVÉES, ON VA TOUT DOUCEMENT VERS UN CHÔMEUR SUR TROIS TRAVAILLEURS. ET CE CHÔMEUR, FAUT BIEN LE PAYER...
SE SONT TRÈS BIEN ACCOMMODÉS DES CONGÉS PAYÉS ET DE LA SÉCU, LES MARCHANDS DE BAGNOLES ET LES GRANDS LABORATOIRES

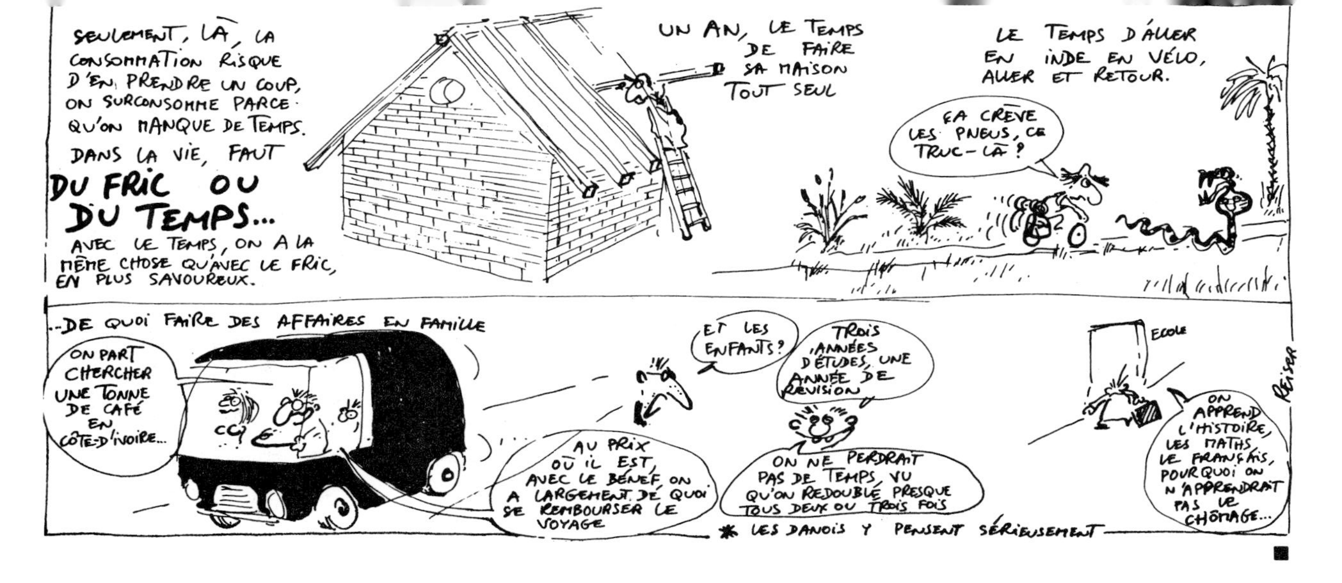
SEULEMENT, LÀ, LA CONSOMMATION RISQUE D'EN PRENDRE UN COUP, ON SURCONSOMME PARCE QU'ON MANQUE DE TEMPS.
DANS LA VIE, FAUT
DU FRIC OU DU TEMPS...
AVEC LE TEMPS, ON A LA MÊME CHOSE QU'AVEC LE FRIC, EN PLUS SAVOUREUX.
UN AN, LE TEMPS DE FAIRE SA MAISON TOUT SEUL
LE TEMPS D'ALLER EN INDE EN VÉLO, ALLER ET RETOUR.
ÇA CRÈVE LES PNEUS, CE TRUC-LÀ ?
...DE QUOI FAIRE DES AFFAIRES EN FAMILLE
ON PART CHERCHER UNE TONNE DE CAFÉ EN CÔTE-D'IVOIRE...
AU PRIX OÙ IL EST, AVEC LE BÉNEF ON A LARGEMENT DE QUOI SE REMBOURSER LE VOYAGE
ET LES ENFANTS ?
TROIS ANNÉES D'ÉTUDES, UNE ANNÉE DE RÉVISION
ON NE PERDRAIT PAS DE TEMPS, VU QU'ON REDOUBLE PRESQUE TOUS DEUX OU TROIS FOIS
ÉCOLE
ON APPREND L'HISTOIRE, LES MATHS, LE FRANÇAIS, POURQUOI ON N'APPRENDRAIT PAS LE CHÔMAGE...
* LES DANOIS Y PENSENT SÉRIEUSEMENT
REISER

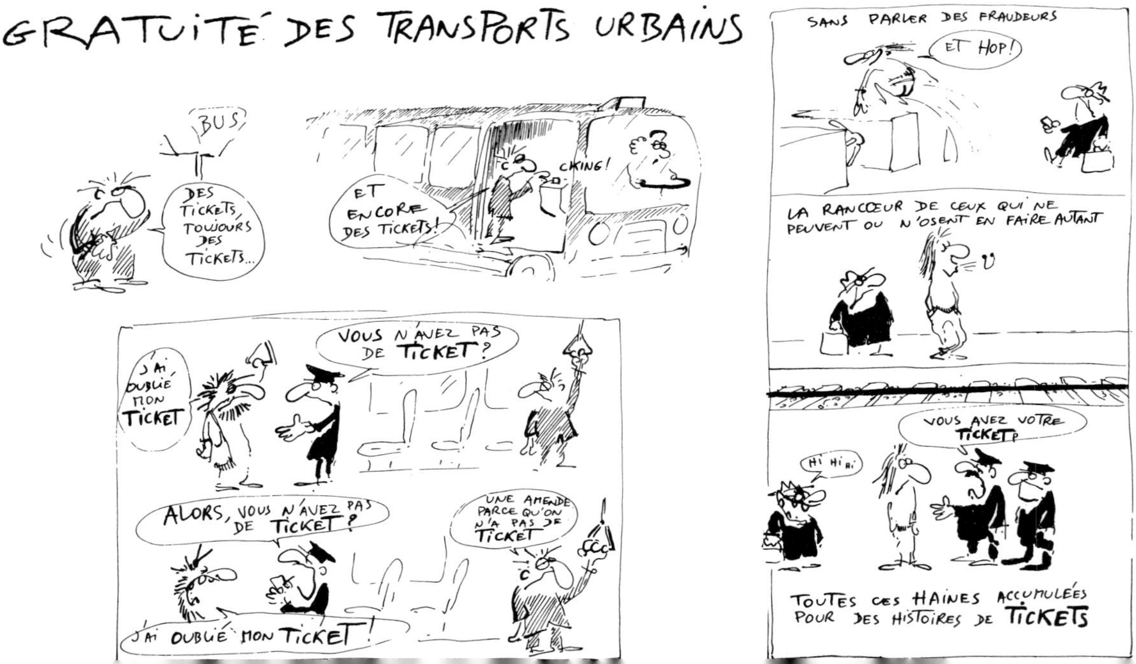

GRATUITÉ DES TRANSPORTS URBAINS

BUS
DES TICKETS, TOUJOURS DES TICKETS...
ET ENCORE DES TICKETS!
CKING!

J'AI OUBLIÉ MON TICKET
VOUS N'AVEZ PAS DE TICKET?
ALORS, VOUS N'AVEZ PAS DE TICKET?
J'AI OUBLIÉ MON TICKET!
UNE AMENDE PARCE QU'ON N'A PAS DE TICKET

SANS PARLER DES FRAUDEURS
ET HOP!

LA RANCŒUR DE CEUX QUI NE PEUVENT OU N'OSENT EN FAIRE AUTANT

HI HI HI
VOUS AVEZ VOTRE TICKET?

TOUTES CES HAINES ACCUMULÉES POUR DES HISTOIRES DE TICKETS

TICKETS D'AUTOBUS TICKETS DE MÉTRO TICKETS DE TRAIN DE BANLIEUE
ET ÇA DURE DEPUIS L'INVENTION DES TRANSPORTS EN COMMUN!
QUI A INVENTÉ LE TICKET?
LE MEC QUI A EU L'IDÉE GÉNIALE DE VENDRE DES BOUTS DE CARTON...
POUR AVOIR LE DROIT D'ALLER QUELQUE PART
ET D'IMAGINER QUE FAIRE UN PETIT TROU DEDANS LE RENDRAIT PÉRIMÉ
POUR QU'IL NE PUISSE PAS SERVIR UNE AUTRE FOIS!
À PARTIR DE CE JOUR, LA MESQUINERIE S'EST EMPARÉE DE LA PLANÈTE
DANS LE MONDE ENTIER, ON TROUVE DES TICKETS!
MÊME DANS LES PAYS SOCIALISTES
SONT 'PAS CHERS D'ACCORD...
MAIS IL Y A QUAND MÊME DES TICKETS!
PARTOUT, PARTOUT, PARTOUT, DANS TOUS LES PAYS...
DES TICKETS!
DES TICKETS BLEUS, DES TICKETS JAUNES, DES TICKETS VERTS...
Y'A DES MECS QUI COLLECTIONNENT LES TICKETS
OUAH! OUAH!
SI BIEN QUE QUELQUE PART SUR CETTE TERRE, UN TYPE NE DORT PAS LA NUIT...
PARCEQU'IL LUI MANQUE UN TICKET DE TRAMWAY DE CARACAS 1930!...

LES MÔMES DES AUTRES

ON EST AU RESTAURANT... TRANQUILLES...
EN AMOUREUX.
FAUT TOUJOURS QU'ON SOIT EMMERDÉS PAR LES GAMINS DES TABLES D'À CÔTÉ.
COMMENT TU T'APPELLES ?
C'EST À EUX, MAIS ILS N'ONT PAS L'AIR DE S'EN SOUCIER...
QU'EST-CE QUE TU MANGES ?
ATTENTION, TU VAS TE SALIR !
LAISSE LES MESSIEURS-DAMES TRANQUILLES, STÉPHANE
T'ENTENDS, PETIT CON ?
ELLE EST PAS BELLE, TA ROBE !
BEN ALORS ?...
C'EST TOUT ?
TU L'AS PAYÉE CHER ?

RELAIS DU
VA JOUER AVEC LES GROS CAMIONS QUI PASSENT SUR LA ROUTE
NAN!
VA VOIR LA PETITE FILLE AU FOND, LÀ-BAS
TU SAIS PARLER AUX ENFANTS, TOI
QUAND M'EN FAIS-TU UN?
JE PEUX T'ASSURER QU'IL N'Y METTRA PAS LES PIEDS AVANT QUINZE ANS AU RESTO
OH, DIS-DONC... REGARDE QUI ARRIVE!...
HORREUR!
MON PÈRE, IL EST PLUS COSTAUD QUE TOI
C'EST TON MARI?
STÉPHANE, N'EMBÊTE PAS LES MESSIEURS-DAMES...
LAISSE-LE IL A TROUVÉ UNE PETITE COPINE
FAUT FAIRE QUELQUE CHOSE...
...UN TRUC!

LE TRUC, IL EST TOUT TROUVÉ
GARÇON, UNE DEMIE DE ROSÉ
VOUS AMÈNEREZ DEUX PAILLES, AVEC DES SUCRES AUSSI
?
ROUGE PLUS ROSÉ MÉLANGÉS...
PETITS SUCRES POUR FACILITER LA PRISE...
TIENS-LES ENCORE UNE MINUTE, ON VA RIGOLER !...
TU VEUX UNE GRENADINE ?
NAN !
AVEC UNE PAILLE...
OUI !
MOI AUSSI !
T'ES SÛR QUE ÇA NE PEUT PAS LEUR FAIRE DE MAL ?
HIN HIN
PENSES-TU...
HOU LÀ !
SI PETITS, ET DÉJÀ LE VIN MAUVAIS...

PAS BEAUX !
PAS BEAU TOUT LE MONDE !
PAS BEAUX LES POISSONS !
LE PIED !
STÉPHANE !
JE VEUX DE LA GRENADINE !
JE VEUX DE LA GRENADINE !

ENFIN SEULS
TIENS-TOI TRANQUILLE!
C'EST LE VÔTRE QUI A COMMENCÉ!
JE VEUX DE LA GRENADINE!
FAUDRAIT INTERDIRE L'ACCES DES RESTAURANTS AUX ENFANTS
LES ENFANTS NE SONT PAS DES CHIENS!...
EN PARLANT D'ENFANTS... QUAND EST-CE QUE TU M'EN FAIS UN?
TU PERDS JAMAIS LE NORD, TOI...
REISER

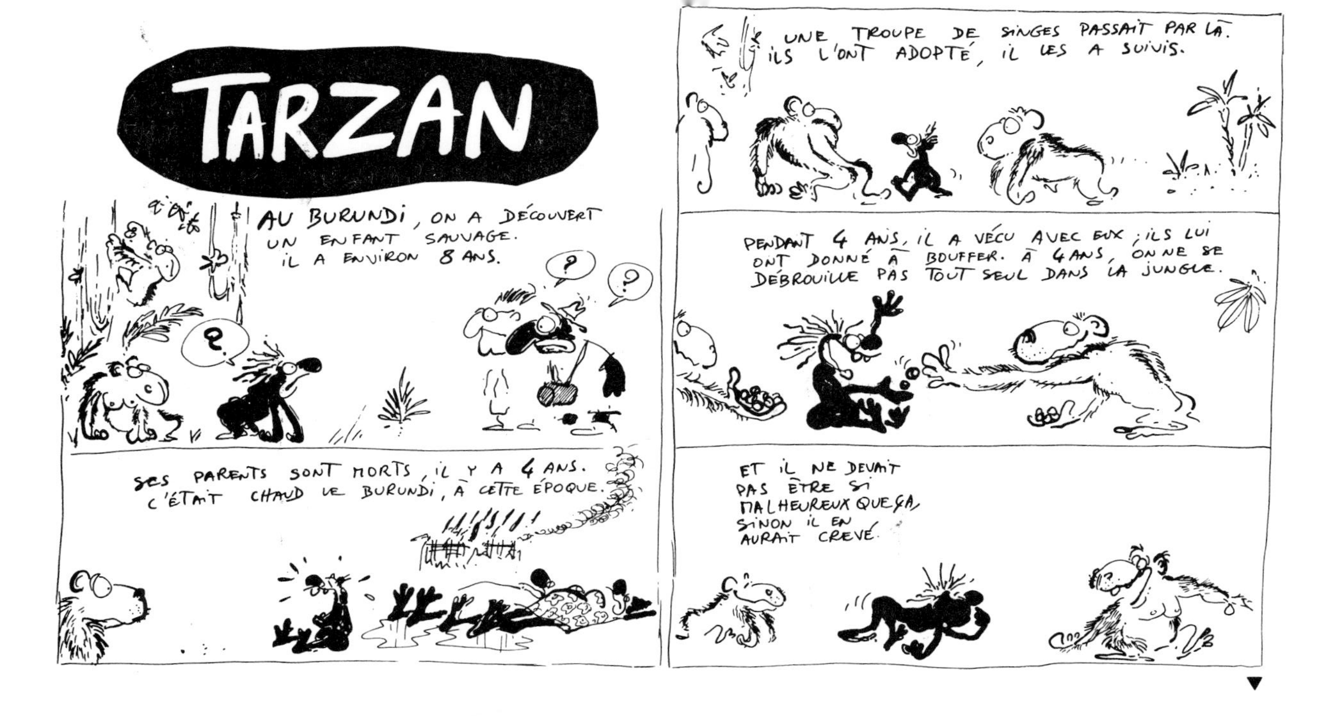
TARZAN
AU BURUNDI, ON A DÉCOUVERT UN ENFANT SAUVAGE. IL A ENVIRON 8 ANS.
?
?
?
SES PARENTS SONT MORTS, IL Y A 4 ANS. C'ÉTAIT CHAUD LE BURUNDI, À CETTE ÉPOQUE.
UNE TROUPE DE SINGES PASSAIT PAR LÀ. ILS L'ONT ADOPTÉ, IL LES A SUIVIS.
PENDANT 4 ANS, IL A VÉCU AVEC EUX ; ILS LUI ONT DONNÉ À BOUFFER. À 4 ANS, ON NE SE DÉBROUILLE PAS TOUT SEUL DANS LA JUNGLE.
ET IL NE DEVAIT PAS ÊTRE SI MALHEUREUX QUE ÇA, SINON IL EN AURAIT CREVÉ.

ILS ONT MÊME DÛ LUI APPRENDRE LA VIE.
GROUF! GROUF!
GROUF?
POUR QU'IL PUISSE RESTER VIVANT 4 ANS DANS UNE JUNGLE AU MILIEU DE TOUTES LES SALES BÊTES.
LES SINGES ONT ÉTÉ D'AUTANT PLUS SYMPAS QUE LE MÔME DEVAIT FAIRE FIGURE DE HANDICAPÉ PHYSIQUE PARMI EUX...
S'IL A TENU LE COUP 4 ANNÉES, C'EST QU'IL N'ÉTAIT PAS MALHEUREUX ET QUE LES SINGES L'AVAIENT ADOPTÉ.
ON AURAIT PU LE LAISSER AU MILIEU DE SES COPAINS...
ON L'A EMMENÉ DE FORCE!
ON L'A FOUTU DANS UN ORPHELINAT QU'EST LE ZOO DES ORPHELINS... AVEC DES BONNES SŒURS COMME GARDIENS.
ET MAINTENANT PENDANT DES ANNÉES, ON VA LE FAIRE CHIER POUR ESSAYER D'EN FAIRE... AU MAXIMUM UN PAUVRE MEC!...
DES ETHNOLOGUES DE TOUS LES COINS DE LA PLANÈTE VONT VENIR L'EXAMINER...
... POUR EN TIRER DES ENSEIGNEMENTS.

EN FAIT, LES OBSERVATIONS SERONT MAIGRES, INFINIMENT MOINS RICHES QUE SI ON AVAIT LAISSÉ LE MÔME GRANDIR AU MILIEU DES SINGES, SURVEILLÉ DE LOIN PAR DE BONS CINÉASTES.
BZZZZZ
ON AURAIT EU ENFIN DES REPORTAGES INTÉRESSANTS SUR LA VIE DES ANIMAUX
ÇA NOUS AURAIT CHANGÉ DES CONNERIES MINABLES QU'ON NOUS MONTRE DEPUIS DES ANNÉES
TIENS, REVOILÀ L'IGUANE DES GALAPAGOS...
COUCOU!
ÇA FAIT AU MOINS 150 FOIS QUE JE LE VOIS À LA TÉLÉ!
SA COPINE LA TORTUE GÉANTE NE DOIT PAS ÊTRE LOIN...
AREU
QU'EST-CE QUE JE DISAIS?
AU LIEU DE ÇA, ON AURAIT EU LA VRAIE VIE DE TARZAN HOMME-SINGE...
... SES PÉRÉGRINATIONS DANS LA FORÊT, SES BAGARRES, SA MANIÈRE DE VIVRE
... COMMENT IL AURAIT BAISÉ LES GUENONS etc...
ON AURAIT VU S'IL BANDAIT MIEUX QU'UN SINGE, S'IL GARDAIT TOUTES SES DENTS, S'IL DORMAIT BIEN, S'IL POUVAIT MOURIR D'UN CANCER etc...

AUTRE CHOSE QUE LES SEMPITERNELS ENVOLS DE FLAMANTS ROSES SUR LE LAC TANGANYIKA...
LES CURÉS ONT DÛ METTRE LEUR NEZ LÀ-DEDANS...
CET ÊTRE HUMAIN A UNE ÂME!
ON NE DOIT PAS LE LAISSER VIVRE COMME UN ANIMAL!
...ALORS QUE DANS LE MONDE ENTIER ON AVILIT L'HOMME POUR LE FAIRE REDESCENDRE AU RANG D'ANIMAL
USINE
POUR UNE FOIS QU'UN HOMME AURAIT VÉCU COMME UNE BÊTE DE FAÇON MARRANTE... ON EN EST PRIVÉ!

SANS COMPTER QU'ON AURAIT INSTAURÉ UNE NOUVELLE FORME D'ORPHELINAT QUI N'AURAIT PAS COÛTÉ UN ROND À LA COLLECTIVITÉ ET N'AURAIT PAS RENDU LES MÔMES PLUS MALHEUREUX

ÉCOUTE !

J'AI PAS LES MOYENS DE T'ÉLEVER DIGNEMENT, TOUT LE MONDE EST FEIGNANT DANS LA FAMILLE, TOI, TU LE SERAS AUSSI

COMME ON EST PORTÉS SUR LA BOUTEILLE, TU BOIRAS PAREILLEMENT

À 40 ANS, TU SERAS UNE RUINE

ICI, TU NE SERAS PAS PLUS MALHEUREUX QU'EN HLM, TU NE TRAVAILLERAS JAMAIS, T'AURAS PLEIN DE COPAINS

T'AURAS TOUJOURS À BOUFFER TU GRIGNOTERAS DES NOIX DE COCO ET DES HANNETONS,

T'AURAS LA CHIASSE DE TEMPS EN TEMPS MAIS T'AURAS JAMAIS DE CIRRHOSE !

RESERVE

ALLER, FAIS-MOI UNE BISE ET SALUT !

REISER

CHINCHILLAS CHERS

UN CHÔMEUR, ÇA A DU TEMPS LIBRE POUR REFLECHIR.
FAUT QUE JE TROUVE QUELQUE CHOSE À FAIRE CHEZ MOI QUI RAPPORTE GROS.
ET QUI NE RÉCLAME PAS TROP DE BOULOT

ÇA COÛTE CHER, UN MANTEAU DE CHINCHILLA ?
?
HEU... OUI !
COMBIEN ?
UN... OU DEUX MILLIONS
DEUX MILLIONS !
DEUX MILLIONS...
ON VA ÉLEVER DES CHINCHILLAS !
IL Y A LONGTEMPS QUE ÇA ME TROTTE DANS LA TÊTE...
ÇA S'ÉLÈVE FACILEMENT ET ÇA RAPPORTE GROS...
ON VA RIEN ÉLEVER DU TOUT !
L'ANNÉE DERNIÈRE, T'AS ESSAYÉ D'ÉLEVER DES HAMSTERS

IL Y A DEUX ANS, DES SOURIS BLANCHES...
IL Y A TROIS ANS DES RAGONDINS !
AVANT... JE ME SOUVIENS PLUS, MAIS C'ÉTAIT DÉJÀ UN ÉLEVAGE À LA CON QU'AVAIT FOIRÉ !
ÇA PUAIT, ÇA COURAIT DANS TOUS LES COINS, ÇA CHIAIT, ÇA PISSAIT PARTOUT.
EN PLUS, Z'ÉTAIENT MÉCHANTS. J'AI ÉTÉ MORDUE TROIS FOIS !
BON, ON VA ÉLEVER DES BÊTES QUI SONT PAS MÉCHANTES...
HEIN ?
ON VA ÉLEVER DES FUTURS PETITS CHOMEURS !
C'EST PEUT-ÊTRE PAS MÉCHANT MAIS
ÇA PISSE ET ÇA CHIE PARTOUT ! QUAND MÊME...
OUI MAIS ÇA RAPPORTE GROS EN ALLOCATIONS FAMILIALES
RAISER

BONNE NOUVELLE POUR CEUX QUI CAMPENT DANS LA BOUE

▼

ON N'A RIEN À VOLER!
C'EST POUR ÇA QU'ILS ÉCRIVENT, SONT FURIEUX D'AVOIR PERDU LEUR TEMPS
ALORS ILS SE SONT VENGÉS!
ILS ONT TOUT CASSÉ, DÉCHIRÉ LES RIDEAUX, TA PETITE LINGERIE, etc... ILS ONT CHIÉ DANS LES LITS...
ONT TÉLÉPHONÉ À LEUR COPINE QUI EST PUTE AU BRÉSIL
ET ILS ONT OUVERT LES ROBINETS DE LA SALLE DE BAINS AVANT DE PARTIR
ON ÉTAIT VACHEMENT HEUREUX IL Y A 10 MINUTES...
REISER

ÉTÉ POURRI
LES INCENDIAIRES DE FORÊTS VONT DEMANDER UNE AIDE DE L'ÉTAT

STALAG

ROÂÂÂÂRRR

STALAG!
COUCHE!
MA JAMBE!
APPORTE, STALAG!
RRRRRRRR
RAPPORTE ICI, STALAG!
VOUS EN FAITES PAS, IL EST DRESSÉ POUR RAPPORTER!

STALAG ! APPORTE AU PIED !
STALAG !
STALAG !
APPORTE, STALAG !
AUJOURD'HUI, IL NE VEUT RIEN SAVOIR
LE MIEUX, C'EST D'ATTENDRE QU'IL L'ENTERRE, APRÈS ON POURRA LE RÉCUPÉRER TRANQUILLEMENT.
BRAVO ! FAUT PAS ÊTRE PRESSÉ !
ET VOUS, VOUS ÊTES PRESSÉS, À LA POSTE, POUR NOUS LIVRER LES LETTRES AVEC TROIS JOURS DE RETARD ?
JE VAIS ME PLAINDRE À MON ADMINISTRATION ! ÇA VOUS COÛTERA CHER !
ET VOTRE CHIEN, ON VA LE PIQUER !
PIQUER STALAG ? ÇA M'ÉTONNERAIT !

PIQUER UN FIDÈLE COMPAGNON QUI NOUS A DÉFENDUS CONTRE LES VOLEURS, LES VIOLEURS, LES VOYOUS, LES VANDALES, LES VRP?...
VOUS L'AVEZ CHERCHÉ POUR AVOIR SIX MOIS D'INCAPACITÉ DE TRAVAIL ET UNE BONNE PENSION À LA FIN!

EN PRIME, ON VOUS DONNERA UNE PROTHÈSE DE LUXE
MAIS JE VOUS PRÉVIENS! NE REVENEZ PAS ICI AVEC VOTRE JAMBE EN FERRAILLE...

… PARCE QUE SI JAMAIS STALAG VOUS REMORD ET QU'IL SE CASSE UNE DENT…
… JE VOUS FOUS UN COUP DE FUSIL !
REISER

UN CHASSEUR
SE SUICIDE
PARCE QU'IL
RESSEMBLAIT
À UN LAPIN

EN CROYANT TIRER SUR SON FILS, IL TUE UN CAMBRIOLEUR!
Hi Hi

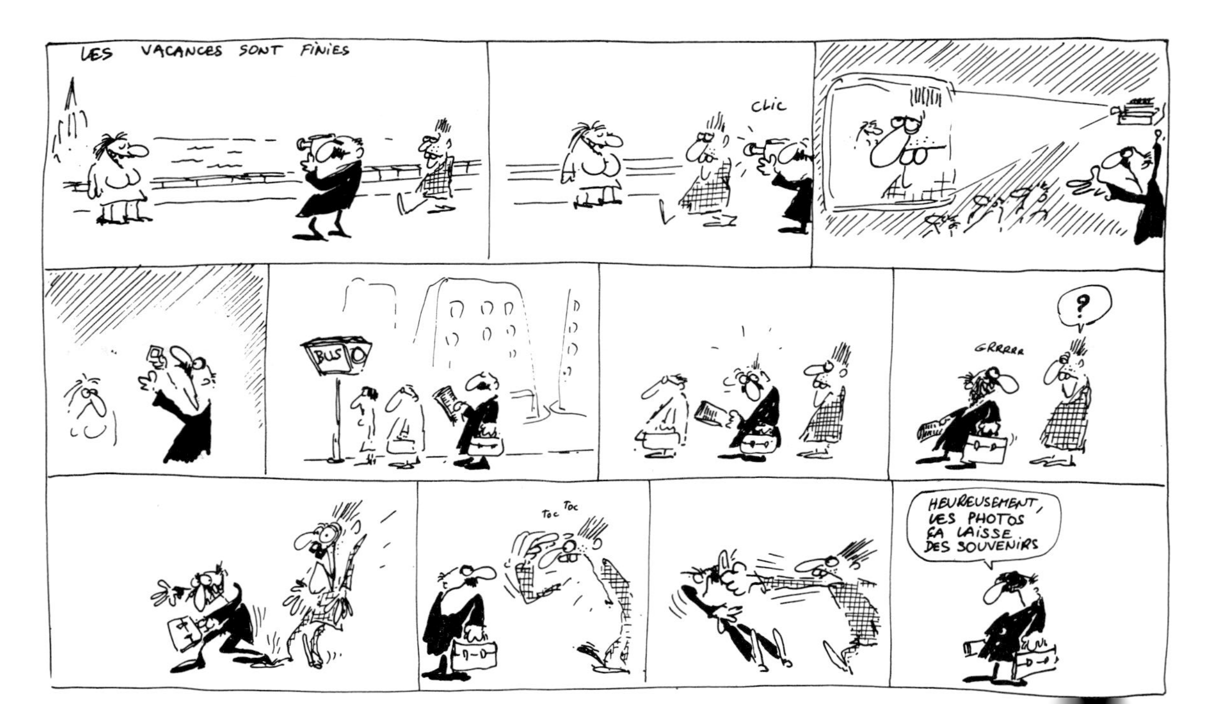
LES VACANCES SONT FINIES
CLIC
BUS
GRRRRR
?
TOC TOC
HEUREUSEMENT, LES PHOTOS ÇA LAISSE DES SOUVENIRS

BONSOIR LES BONZES!

ET FAIRE LE VOYAGE EN GALAXY...
LE PLUS GROS AVION DU MONDE
ET QUE LE GALAXIE SE CASSE LA GUEULE
MOI, LE SEUL SURVIVANT
ARRIVÉE TRIOMPHALE À NEW YORK
ON DEVRAIT EN ADOPTER UN
JE LUI SOUHAITE BIEN DU PLAISIR
COUCOU!
T'AS PAS HONTE!?

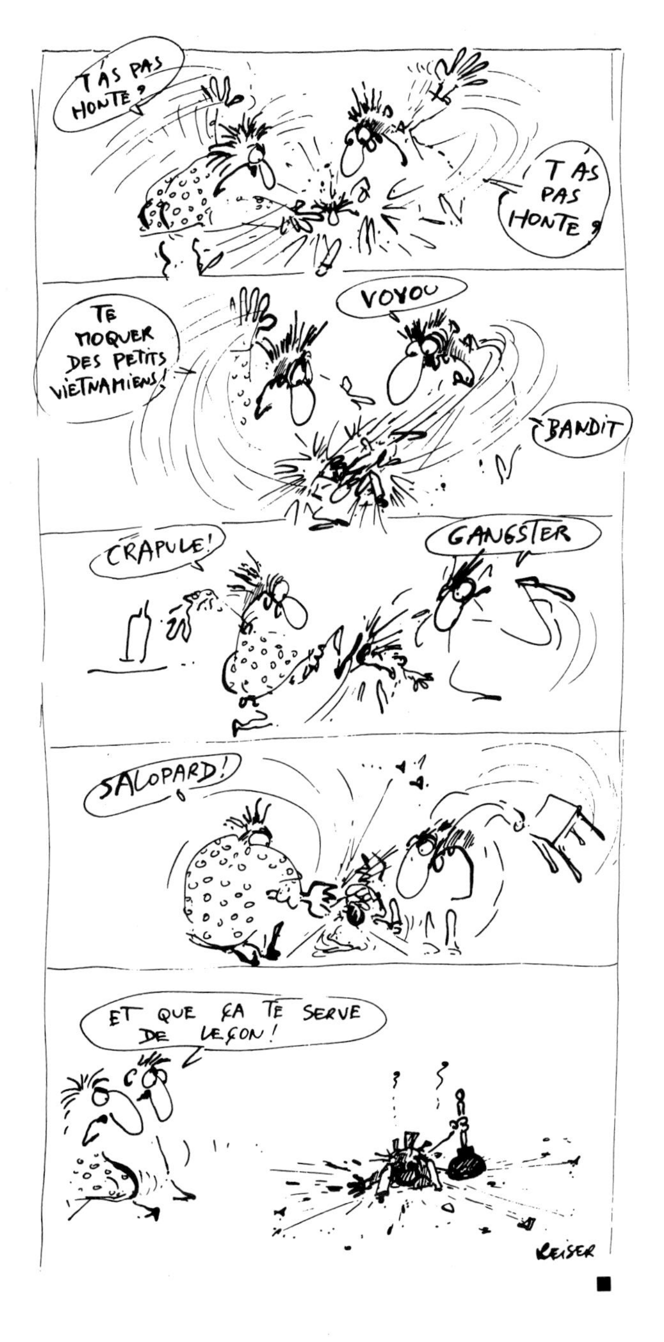
T'AS PAS HONTE ?
T'AS PAS HONTE ?
TE MOQUER DES PETITS VIETNAMIENS !
VOYOU
BANDIT
CRAPULE !
GANGSTER
SALOPARD !
ET QUE ÇA TE SERVE DE LEÇON !
REISER

ORPHELINS GLIN GLIN

LES ÊTRES HUMAINS LES PLUS DESHÉRITÉS SUR CETTE TERRE...
... C'EST PAS LES TRAVAILLEURS, NI LES NOIRS, NI LES INDIENS...
... NI LES OPPOSANTS. C'EST PAS LES FEMMES, NI LES HOMOSEXUELS
LES UNS ET LES AUTRES ONT DES ORGANISATIONS, DES MUSCLES, DES POINGS DES GRIFFES, DES DENTS POUR SE DÉFENDRE
LES SEULS QUI N'AIENT RIEN POUR SE DÉFENDRE : LES MÔMES ABANDONNÉS...

... ET LES VIEUX
QU'EST-CE QUE TU FAIS LÀ, TOI ?
T'ES ABANDONNÉ, HEIN ?
LES MÔMES : PLUS DE 600 000 ABANDONNÉS OU PLACÉS...
QUI EN PARLE ? PERSONNE !
JE T'ACCOMPAGNE À L'ORPHELINAT, C'EST SUR MON CHEMIN
ON VEUT PLUS DE MOI NON PLUS À LA MAISON, ALORS JE VAIS À L'HOSPICE
ORPHELINAT
BEN VOILÀ, T'ES RENDU

TU NE VAS PAS TE FENDRE LA GUEULE, JE TE LE DIS TOUT DE SUITE...
TU VAS MÊME EN BAVER !
REMARQUE, MOI AUSSI...
ENFIN, MOI, ÇA DURERA MOINS LONGTEMPS
LES ORPHELINS VONT DEVENIR À LA MODE
REISER

COLO SYMPA

ON NE SE SERA PAS TELLEMENT MARRÉS PENDANT CES VACANCES, HEIN, GUIGUITTE
BEN...
L'A PAS FAIT BEAU
LE BLED EST TARTE
ET ON N'A MÊME PAS UN ROND POUR ALLER AU CINOCHE
HEUREUSEMENT QU'ON T'AVAIT !
Y'A QUE TOI QUI A ÉTÉ SYMPA AVEC NOUS
MERCI LES MÔMES ; BON ON N'A PLUS QUE TROIS JOURS À PASSER ENSEMBLE. QU'EST-CE QUI VOUS FERAIT PLAISIR ?
ALLER AU CINOCHE !

AVEC DES ESQUIMAUX !
BEN... OUAIS, JE VOUS COMPRENDS, LES MÔMES... MAIS AVEC QUEL FRIC ?
LA COLO N'A PAS UN ROND
ÇA
ON LE SAIT...
VU CE QU'ON Y BOUFFE !
ET MOI...
TOI NON PLUS, ÇA AUSSI ON LE SAIT
SINON
TU NE SERAIS PAS VENUE T'ENTERRER UN MOIS DANS CE BLED POUR T'OCCUPER DE GAMINS NECESSITEUX

MAIS DU FRIC, TU POURRAIS EN GAGNER...
COMMENT ?
ROULÉE COMME T'ES...
AVEC LE MARCHAND DE BOIS DU COIN
OÙ TU NOUS EMMÈNES EN BALADE, ON TOMBE SUR LUI
BONJOUR MADEMOISELLE, PAS TROP DE SOUCIS CES ENFANTS ?
T'AS UN TICKET GROS COMME UNE PYRAMIDE...
TU PEUX LUI TIRER FACILE 20 SACS
DITES-MOI VITE QUE J'AI MAL ENTENDU !...
JUSTE UNE FOIS...

... QUE C'EST UNE MAUVAISE PLAISANTERIE !
QU'ON VOUS OBLIGE À UN CHANTAGE !
VOUS DÉLIREZ À CAUSE D'UNE ROUGEOLE !
NON
PETITS SALAUDS ! VICIEUX ! ORDURES !
VOUS VOUDRIEZ ME PROSTITUER, MOI ? MOI, LA MONITRICE LA PLUS SYMPA DE LA COLO ? COMME VOUS DITES...
JUSTEMENT...
IL N'Y A QU'À TOI QU'ON POUVAIT DEMANDER UNE CHOSE PAREILLE...

REMARQUE... ON COMPRENDRAIT TRÉS BIEN QUE TU REFUSES...

ON SE SERA FAIT CHIER UN MOIS

SANS MÊME UN CINOCHE

OU UN ESQUIMAU

APRÈS TOUT, ON EST DES CAS SOCIAUX

FAUT PAS ESPÉRER GRAND-CHOSE DE L'EXISTENCE

VOUS ME DEMANDEZ UNE CHOSE IMPOSSIBLE !

ET MA DIGNITÉ ?

TA DIGNITÉ, ÇA PEUT ÊTRE AUSSI DE FAIRE PLAISIR À QUATRE MÔMES, UN MEC ET TOI PAR DESSUS LE MARCHÉ
T'ES HEUREUSE QUE QUAND TU FAIS PLAISIR AUX AUTRES, PAS VRAI ?
UN PEU
ON TE CONNAÎT
C'EST DÉGUEULASSE !
TOUTE LA VIE EST DÉGUEULASSE...
TIENS, LE REVOILÀ
DIX CONTRE UN QU'IL S'ARRÊTE POUR TE CAUSER
IL SAIT QUE LA COLO SE TERMINE DANS TROIS JOURS

VOUS PLEUREZ MADEMOISELLE ?
J'ESPÈRE QUE CE NE SONT PAS CES PETITS CHENAPANS QUI EN SONT RESPONSABLES ! MOI QUI LEUR AVAIS JUSTEMENT FAIT UNE SURPRISE AVEC MON PAQUET D'ESQUIMAUX
MERCI MONSIEUR !
C'EST QU'ILS SONT POLIS... FÉLICITATIONS MADEMOISELLE
PARLEZ-MOI DE VOTRE GROS CHAGRIN PENDANT QUE NOUS FAISONS QUELQUES PAS...

C'EST VRAI QU'AVEC QUELQUES BILLETS JE PEUX RENDRE CES GAMINS HEUREUX UN SOIR...
HEUREUX...
QU'EST-CE QUI LES ATTEND À LA RENTRÉE ?
UNE HLM DÉGUEU... LA MÈRE QUI PICOLE
LE PÈRE QUI LEUR TAPE DESSUS...
MADEMOISELLE
MADEMOISELLE!

OUÂÂÂ
TERRIBLE!
T'AS VU COMME ELLE EST BELLE À POIL, GUIGUITTE?
VISE SES NICHONS
T'AS VU CE QU'IL LUI FAIT FAIRE ?
IL EN A POUR SON FRIC LE MEC!
GUIGUITTE QUI SE LAVE LE CUL À LA SOURCE, IL RATE LE PLUS BEAU LE MEC!...
MADEMOISELLE... QUEL BONHEUR VOUS M'AVEZ DONNÉ...
TOUTE MA VIE LE MOIS D'AOÛT RESTERA...

CONTRAT REMPLI, VOILÀ POUR LE CINOCHE LES MÔMES.
NON GUIGUITTE, ON NE PEUT PAS...
ON A NOTRE DIGNITÉ
?
LES ESQUIMAUX, LE MEC NOUS LES A DONNÉS...
ET LE CINOCHE...
ON N'OSE PAS TROP TE LE DIRE...
MAIS ON S'EN EST PAYÉS UNE SACRÉE TRANCHE!
ET MÊME DU COMME ON N'A PAS LE DROIT DE VOIR!
GARDE LE FRIC POUR T'ACHETER UNE ROBE...
ON N'A PAS LES MOYENS DE T'EN OFFRIR
REISER